U0578295

大地上的庄稼

张少恩 著

北方联合出版传媒（集团）股份有限公司

万卷出版有限责任公司

© 张少恩 2024

图书在版编目（CIP）数据

大地上的庄稼 / 张少恩著. — 沈阳：万卷出版有
限责任公司，2024.1
ISBN 978-7-5470-6360-6

Ⅰ . ①大… Ⅱ . ①张… Ⅲ . ①散文诗—诗集—中国—
当代 Ⅳ.①I227.6

中国国家版本馆CIP数据核字（2023）第167161号

出 品 人：王维良
出版发行：北方联合出版传媒（集团）股份有限公司
　　　　　万卷出版有限责任公司
　　　　　（地址：沈阳市和平区十一纬路29号　邮编：110003）
印 刷 者：辽宁新华印务有限公司
经 销 者：全国新华书店
幅面尺寸：130mm×212mm
字　　数：155千字
印　　张：10
出版时间：2024年1月第1版
印刷时间：2024年1月第1次印刷
责任编辑：王雨晴
责任校对：刘　洋
装帧设计：张　莹
封面题字：胡　炜
ISBN 978-7-5470-6360-6
定　　价：88.00元
联系电话：024-23284090
传　　真：024-23284448

作者简介

山野之人，农民根脉。

城市寄居蟹，乡愁领受人。

文学的痴心汉，诗歌的朝圣者。

作品散见于全国百家报纸杂志，

被收入多册选本，偶有获奖。

诗集《雄辩的青春》曾在作家出版社出版。

《大地上的庄稼》汇聚了作者20余年来孜孜不倦的创作成果，题材广阔，视觉新颖，个性鲜明，在体式和语言上都有异彩和异响，充满激情的抒发中流露出理性的光芒和高尚的品位。

——邹岳汉（中国首家散文诗期刊《散文诗》创刊主编，中国散文诗重大贡献奖、新诗百年编辑贡献奖获得者）

生长于大地，成熟于心灵。彼庄稼沉默无语，此"庄稼"却发出撞人心扉的声响。作者对词语重新洗牌，对苦难、庄稼、梦想、阳光、明月、灯火满怀感恩，对灵魂发出叩问。时而黄钟大吕，时而明月清风，谦卑与风骨在散文诗的异响中发出光亮。

——王幅明（享受国务院特殊津贴专家、编审、散文诗作家、评论家）

作者的文字，以向下观察的方式守望着悲悯。不是简单地对卑微者施以空洞的同情甚至呐喊式的情感赋予，而是用自己的"在"与"坚定"去示范一种正确的自我存在。恰如麦子、麦粒为粮，关乎人间的温饱；麦芒为精神，阳光一照，细小的锋利正是体内鼓荡着的剑气。

——周庆荣（中国诗歌学会散文诗工作委员会主任、《星星·散文诗》名誉主编）

很欣慰在这物欲横流的当下社会，能让我们读到像张少恩这样充满激情与隐忍、豪迈与细腻浑然一体的散文诗。更为欣慰的是，中国仍然有不少像张少恩这样纯粹的诗人，把世界作为诗的道场，在万象中独取颖异，细嗅生命的醇香。

这本散文诗集不仅其中的每一章作品，甚至就连作者的"自序"都是诗，作者的灵魂紧贴着大地，紧贴着词语的灵魂。灵魂与灵魂在审美的星空携手翱翔，正如作者借蝴蝶的生态开悟诗人与词语的关系："蝴蝶爱攀岩、冲顶，翻越天堑，对卓越的芳香痴迷。"作为诗人，他则怀抱着高迈的理想与勇气，在词语的旧山河中独辟蹊径，寻求"给词语插上翅膀，让词语连缀不相关的事物，穿越异质的世界，让它有丰富的阅历，深邃并丰饶"。

他选择以散文诗去刷新词语之传统的天空！

——灵焚（中国人民大学哲学院教授，诗人）

他的诗句氤氲着生命的气息和情感的温度，如纯净的大海传递着辽远的广度，如金黄的麦穗摇曳出灵魂的慈悲，如沉静夜空的星辰闪烁着睿智的辉光。那厚植于泥土深处蓬勃的生命力和审视生活的激情从始至终都感染着我。在这个思想零碎化的时代，怀有精神根基对诗性虔诚信仰的诗人，秉持真诚的爱与思考，以多重的语言审美，给我们奏鸣自然与生活雄浑丰富的交响乐。

——孙晓娅（首都师范大学中国诗歌研究中心副主任，博士生导师）

思情饱满，想象充沛，整体的文本呈现出了一种葱郁葳蕤的质感。每一个标题都是一个完整的句子，既是提纯，也是概括，自然天道，澄怀味象。

　　大地上的庄稼透出泥土的情怀，人类永恒的福音。诗人身为农民的儿子，对乡村和庄稼爱得真挚而深沉，从扎实的生活和现实的场景中提取诗性文字，揭橥诸多忆想，以变幻的内涵，扩展了文本的思想容量，并保有诸多新文体的杂糅，语言绵密与思想镜像相互映照。从整体的概念、风格、结构、人物、情节等来求证语境对文本的适用，这对于一位勤奋耕耘的诗家来说，是必要亦是必须拥有的写作经验。

　　　　　　　　——黄恩鹏（散文家、艺术评论家）

自序

诗必须有自己的异响

张少恩

1

梦想是对生命的滋润；
诗歌是对灵魂的观照。

心不唤，物不至。春风万里路，盛开就是抵达。何求硕果累累，日月经天。

我对自己都喜欢。不是孤芳自赏，乃是心灵的淡泊，情怀的雅致，精神的饱满与华润。诗让我始终有着天真和浪漫的质感，尽管它没给我功名的风光和锦绣的前程、物质生活的丰赡，但我无悔，因为精神充实，举目诗意盎然。我自知熊掌和鱼肉不可兼得！

2

世界因词语的旧而旧，当然也因词语的新而新。

我时常感到沉闷，甚至疑惑——为什么要受困于固有的东西，沿旧词语的路线走？

我想给词语洗牌，让它摩擦、碰撞，溅出耀眼的火花，发出异音。

我想做词语的月老，为词语和词语的联姻搭桥。优化词语的基因，孕育出词语的宁馨儿。

我还想给词语插上翅膀，让词语连缀不相关的事物，穿越异质的世界，让它有丰富的阅历，深邃并丰饶。

词语的闪电，词语的悬崖，词语的高山和深渊……词语有理由冒险、走钢丝，练就飞行的绝技……

诗人呀，请拿出你的勇气和智慧，去刷新词语之传统的天空！

3

即使深涧即使悬崖即使雄鹰忽略不计的险峰，也总有坚韧的花开，自由的孤芳自赏。

蝴蝶爱攀岩、冲顶，翻越天堑，对卓越的芳香痴迷。而诗人也该有勇气做独辟蹊径的开辟。

光荣的存在与不俗的表现无须自诩与标榜，须拿出力排众议的翅膀向着高远之处跋涉。飞得越高，束缚越少。而在低处，千足虫、湿婆与蚂蚁以及蟑螂都会对你因循守旧的笔墨瞧不起。

即使让风撕开翅膀，也要义无反顾地创造和出彩。

你的作品是你的面目，是你颖异的翅膀，你不能旧瓶装新酒，必须别开生面！

优异的盛开，孤独的掘进不仅是智慧，亦是诗的美德。我们必须有自己的异响！

何须犹豫，崇高与神圣最终会选择卓绝的风貌！

4

心灵时有刹那的颤动。像晨光里一颗热泪盈眶的露珠。

我是罅隙里的蕨，轻轻地摇曳；是飘忽的蒲公英被一条小河迷住又突然察觉，蓦然返身，顺着光寻找白云的故乡！

幽邃的世界啊，我有一千双眼也不够用。目光太钝，又有些迟疑。

没有新的发现，就必然平淡和平庸，那文学的路还怎么走？诗不能让人一激灵，眼前一亮，心灵震颤，那就做了无用功。

有时，我空撒了一天网，也没捞到一条灵感的小鱼。有时，我在夏的原野上凝神倾听，却没有听清虫儿们说些什么，我使尽浑身的解数也没能打入它们的内部。我的苦恼是不能与大自然亲切地交流，促膝而谈！

我提醒自己必须走微观的路线，热爱卑微的事物。

我想在露珠里扬帆；在幽微的事物里摆渡；想收集各种蝴蝶拼出大自然斑斓而惬意的笑容。

5

越写越难，越写越踌躇。文章要新，泛歌式的吟唱已俗不可耐！

文学是细节，文学是发现。而诗是语言之尖端的科学！

做到细而新不易！

我们的感觉器官数十年来习惯了浮光掠影的赞美，少了细致入微的剖解和拍案叫绝的眼力。

诗人必须具备神性的灵光，是"通灵者"。如果钝化、老套，那就请你放下笔，先修炼自己，什么时候觉悟了，再重拾锋利。

我喜欢诗不是它赐予我什么光环，而是千淘万漉，披沙拣金之快意，偶然发现之妙趣横生！

难矣哉——诗，如何让人闻所未闻，读所未读，这等于发现了新大陆或新的星云。

也许惊喜与快意就在那一瞬间！

6

读起来惊喜，

想起来分外有趣——出其不意！

诗，有时就是事物与事物之间的联系。没有关系却突然敲门求见。奇妙的想象使平凡的世界生辉。嫁接使陌生的两者擦出火花。内心相许，暗送秋波！

之所以为诗着迷和沉醉，甚至忘乎所以，是诗使用了魔法，或者是诗相中了某些人的灵魂。诗人一定是有着某种特质的东西，或灵魂的特许！

诗，就是如此！就像有的人着迷于色彩、光影；有的人着迷于天空、星汉；有的人着迷于大海和深渊；有的人着迷于女人；有的人着迷于来世……宗教、信仰，乃至谁都没见过的上帝！

诗，是人类灵魂的幻觉和幻影……

诗，不知还会弄出些什么奇迹来！

7

完全可以腾出时间去寂静之处——有流水声，有花香味，有鹰拽起的大地，麻雀拉低的山峰……

凝视一滴露珠，看它怎样地丰盈。腹有诗书，又玲珑剔透，如怀春的女子充满向往和期待，然后纵身一跃，嫁给才华横溢的大地！

以伶俐的翅膀，断崖式的叛逆，抛弃约定俗成和故步自封。无畏与勇毅才是升华的机遇。我讨厌事物的旧模样——枯燥而乏味。拥抱新的世界，必须让语言的"斧头开花"！

有时我喜欢白云；有时我喜欢阴云。电闪和雷鸣也让我破规。

大地怎么想的，我就是怎么想的。诗喜欢什么，神和大地就赐予它什么。诗和神总是不谋而合！

8

昨夜的星辰溅落了，触痛了我的灵魂。狂热的燃烧是诗的奋不顾身！

我将用碱性的灰敷我的伤口，止血。我见过这古老的方法，小时候娘这么做过！但她的伤来自劳动的匆忙，而我的痛来自"闪电令我存在下去"。

我沉寂了许久，仿佛在深渊里。

天空中的一片诗歌的云有拯救我的力量，我不怀疑重生的希望。蓬勃的脚步覆盖荒凉的思想！

大地上的庄稼

盼望春风的刀解开我冰凉的苦闷，让光明从黑暗的铁器上溢出；盼望矜持而脆弱的心颤藻般闪亮。一瞬即永恒。灵魂的脉络清晰可见。

需要闪电对颓丧的生活予以驳斥，柔韧的藤蔓结出雷鸣之惊诧的硕果。需要这有声有色的雨催发与濡养。明天脆生生的黎明是我的脱胎换骨。新的枝条与我一起摇曳。

9

我是我自己的沃土，长出的东西都颖异。

诗是灵魂的分泌，与世界上任何人都不沾边儿，更不会让人有似曾相识的感觉！

我创造自己，在自己的土地上撒种，结出的果实彰显我的DNA。这是尊严，生命的高贵。相信自己优秀，灵魂出类拔萃。

我吸收日月的精华，在广大的土地上寻觅和汲取。我相信必有刻着我名字的钻石和黄金。

第一辑　用苦难之光赎回真理之身

第三辑 每一朵花都有开天辟地之力

第四辑 阳光的意图万物都领会

第五辑　我与大地的梦想击掌

第六辑　明月为光荣的秋天锦上添花

第七辑　一盏灯火不断地向我发散人间的温暖

第一辑

用苦难之光赎回真理之身

仰望是我灵魂的荣誉

这丰饶的天空让我迷恋。幻想不断。它华美而壮丽，深邃而嘹亮。我渐渐地凑近它，它的永恒、闪烁的精神拥有持久的力量和体温。

我和天使们一起飞翔，翩翩的翅膀带起潇潇的烟雨，氤氲的紫气，浩荡的东风。

让星辰在我的躯体上播种吧，我并不孤单。光明的使徒，诗和艺术的灵气，活泼的因子和春天的梦都投奔于我。

每个细胞都在啼啭。阳光的枝条脆响，祝福和梦想都快马加鞭。那些具体而微的事物注重时间的意义，永恒的内涵。

我飘舞的胸襟，沉醉与遐想，蔚然深秀，云蒸霞蔚。我成全了自己的肉体和心灵——万千气象，如此迷人。

我用山涧之水煮云顶之茶，在袅娜而芬芳的气息中完成内心的祈愿。在通向理想的王国，我为自己的梦想签证。

黑夜留下温暖的灯火，为抵达对岸准备了欸乃的桨声。我为人格许下纯粹的本质，为胸怀备足了磊落，为正义积攒了足够的勇气和坚贞。

我听从内心的呼唤，绝不盲从和跟风。我需要自己信赖的眼神和掌声，需要怒放的花朵，奔腾的大河的激励。犀利的鹰隼为我的望眼又加了一把劲儿。

我生命的境界乃是面向星空。感动与被感动，吸引与被吸引……我以虔诚维持真理的荣誉；用孤僻的种子颖异大地新鲜的力量；用秘密的星辰结网，捕捉宇宙的定律、隐匿的物质，求证量子纠缠的理论。

俯仰天地，妙击其微，我总是频频得手，满载而归。

我的爱，不竭的期待与向往永远是生命刚性的需求。那是不可削减，不可降低的费用，必须源源不断地输出与奉献。幻想乃是精神的豪奢，我随时支取，绝不吝啬。

我学会了对自己的使用，让它行吟于孤独的深处，时常也徘徊于斗牛之间。我把额头举得更高、更远，招引真理的锋芒，未来的注目与期待。

鹰，持有梦想的天空

我被那金色的鹰，高展的精灵一次次拔高。我已习惯了那种深远与宁静，幽碧与苍茫，翼上猎猎之罡风。无法降低高贵的头颅，星辰的俯视。我在云霄的盘旋乃是抉微大地。我们对视，屏住呼吸，发现了彼此的眼神。

我愿意成为高傲者的对手，在思想锋利的剑刃上舞蹈，一试身手。而我对自己的意念，对眼前的风声灯影却总是保持着足够的警觉。我相信天空飞翔的都是天使、仙鹤和雄鹰，而躯休的深处和世间阴暗的角落也时常有鬼魅出没。

我相信自己大于相信上苍，因为最是遥远的事物却常常模糊不清。我用仰望的姿势与自己拉开一段距离，为了将自己看得更清，我必须投身一双凌空的翅膀，回眸我置身的世俗人间。

啊，锐利的鹰将浑茫的天边剪出了一个豁口——风卷残云。流通的梦想，出出入入的星辰开启幽闭已久的世界。

灵魂多么柔媚，浪漫多情，它倾心于玉兰花的夜晚，百合花的早晨，丁香幽幽的黄昏。但我的幸福与陶醉并不影响意识的澄澈与清醒。

我不会用眼前的绚丽隐匿春天的剧痛；用墙角的一朵小花兑换蔚蓝色天空的黄金。我的整个生命都是飞翔状的，桀骜不驯，绝不屈就于丰厚的赏赐或土地上遗落的麦穗和谷粒。

我用翅膀使用广袤和无垠。升腾的斗篷——信念的飞檐与屋顶不屑于神的笼络与庇护。渺茫与虚空正是我身手的余地——大有作为！

让我高傲地飞翔吧，我被自己所拯救和提升，突出了天空真实的意图。

我的短暂是多么悠久，我的悠久又是多么匆促。我用坚韧与顽强履行使命，不计报酬和利润。我决不因懒散和贪欲让自己下沉，在自己的良田培育罂粟，贩卖迷幻的瘾。

此时，我依然在天空的深处漫步，无意于在缠绵而温婉的青藤之处安顿灵魂。我不停地探求着真理，奔赴于流转的风云和缀满星光的路。从容不迫，又怡然自得。

一只鹰，一只金色的鹰，操作梦想的天空。

用苦难之光赎回真理之身

坚执之心献予大地，摇曳的草木拨亮星辰。高傲的世相都低眉顺眼，尊严与威风抛给了虚妄，真金白银化成烟云和浮尘。沾沾自喜也只是映在小河上的一抹夕晖。

向往付给脚步，抵达的渴求顺从于我的眷顾。

幽微的夜、脉动的星辰灼炙我的指尖和眼睛。嘹亮的痛贯彻肉体和灵魂。

虔诚收下殷殷的钟声。透彻的翅膀凑近孤独的坚贞。在诸神莅临之前我必须用苦难赎回我的信仰，决不让肉身屈就于凡尘物欲，似水的柔情。

我在振衣岗上消化了五百年挥之不去的烟云。佛光照眼，我明心见性，慈悲萦身。

我进入高远的圣境，万物的核心，将所有的犹豫和彷徨挥发得干干净净。从此，我只想尝尽人间的苦楚，不要绵延的繁华，丰碑的高耸。

把信仰注入生命，虚妄划归清风。转瞬即逝的慧光支取超然的灵魂。大河上的薄雾在晨光中缓缓散尽，绵绵的烟云罢手，还其巍峨与峥嵘。澄澈的目光打通世间幽昧的大门。

英雄何觅？光荣与耻辱我一视同仁。

我的身子是空的，倾心于旷远和寂寞。

谛听大地幽幽布道。心，潜泳于无极的世界……

大地上的庄稼

世界总是醒的

日落。

西天不再竖尾展羽。峭壁熄灭了危耸的反光。盘旋的鹰归去，留下的空洞亦被黑夜填满。

万籁有声，寂静更浓。

月光在古道边的鱼尾葵上流溢奶沫。

风已动身，在山脚下清点悠久的灯火。黑夜将万物合为一体。

在巨大的世界里，月光是梦想的涌泉。

虫鸣沸盈，清新悦耳，它们在我迫近的脚步声中暂缓了歌声。当我伫立，屏息倾听，它们又开始了集体主义的吟诵。

大地广开言路，议论风生。生机勃勃的气息是归心的葱茏。它们都说些什么我从不去打探——草根的世界，迷人的原生态。如果你硬说它议论了什么，或是悖论，我也不跟你犟，我的胸襟叫闻过则喜。

世界是醒的，能发声的事物总让我欢愉。因为我知道那是生灵们喉咙的自由。对不发声的动物我倒是有点担忧，如果遇见了，我总是以怜惜之心刺激和拨弄。我甚至把敲响的钟磬视为激励与拯救。

我往山下去，手持木棒。习惯了摸黑走路，习惯了用耳朵测定事物。归去，如王者荣耀凯旋。

我与存在的世界相处得极为融洽。

不论白天还是黑夜，它的声息都像我的细胞、热血、骨头。

我所有的器官不仅感恩和接纳，且分外珍惜！

用嘹亮的喉咙押解悲歌

我们终将被时间抛开，像繁枝辞了花朵，又放下了甘美的果。永恒，不断地推陈出新。

死亡是生命的万有引力，仿佛宇宙的黑洞，旋涡般吸入。

但我从不悲怆，受死亡阴影的奴役。我看重的是热血的当下，贯通天地的呼吸。鲜活的心灵奋力奔向梦想的花开。

把爱和微笑保持到最后一刻。灵敏的触须总能收到花发的微语，舒展翼飞的双眉。

我是清醒的——活着，就有时间的股金。梦想和脚步终有回报的利润。

从苦难中领得光荣；从隐忍中学到坚贞；从混沌中获得清澄。仰望的癖好和深邃的目光源于永远的探求。生命虽是一首短歌，但浩瀚的银河是时光的长调。我的智慧是用嘹亮而饱满的喉咙押解暗淡的心灵。

闪耀的星辰照耀的都是怀有梦想的人！

大地上的庄稼

钻石级的光荣

一场盛大的实景演出将历史推到眼前。

耀亮而奇幻的声光，展旗布阵的马队，威风而炫目的人众，为一个王朝的文治武功喝彩。

…………

漫漫的夜有声有色。

星汉、山脉、壁崖，摇曳的射光，萦绕的虫蛾，黑黝黝的树林都被拉入遥远的年代——历史繁复的实景。

惊叹，我们集体穿越——乐音袅袅，歌舞升平。

既然进场，就融入，决不退避。

但我们不想做帝王和大臣，更不想给他们抬轿子，端盘子，下跪。我还是要做今人！

多么开明的时代，一个腐朽的王朝，曾经显赫的帝国被分条缕析地述说。剔除昏聩腐烂之末，只亮显它勃兴的额首、锐利的骨头、嘹亮的胆识、壮丽的曾经。往昔得以察鉴、公证。

历史唯物主义出面，辩证法策应。

给英明的先人一个隆重的礼，这不为过。

功过自在人心。从天空下载辽阔的胸襟。自信与开明是时代的有容乃大。

幽幽的夜幕下，我听见了纷纭的脚步声，我看见了一个国家制度的闪耀。

智慧的好钢用在了刀刃上。希望透出迷人的光芒。

我们向往美好的前景。但美好的前景不是都得配上曲折的道路。我们完全有理由把道路走直，一路辉煌。我们已有了那么多苦难的镜子。苦难永远是警诫。请相信人民！

当历史觉醒，伟大的梦想扎根，
祖国就一定会拥有钻石级的光荣……

在大雪中转身

1

四十年的光荣与耻辱，妥协与抵抗，被这纷扬的大雪一笔勾销。

没有沾沾自喜的历史，没有可圈可点的功德，现在和未来空空荡荡。一张白纸，倾心美妙的诗句，魅惑飞扬的文采。

一切都将重新开始，自由被我拿到手上欣喜地掂量。在蔚蓝的天空里播种飞翔，在辽阔的大地上种植仰望，收获甜美的果实，摇响芬芳的铃铛。

我可以细致地抚摸古老的历史、灿烂的文明，用优游的脚步翻越万水千山。亦可以像蜜蜂汲取百花的精髓；像蝴蝶用斑斓的翅膀扇动明媚的春光。

我可以大模大样地使用隐瞒已久的浪漫之心，再不必偷偷摸摸写诗，对冒芽的灵感掖掖藏藏，在幽暗的小巷里堆放踌躇和迷茫。

我可以寻根觅祖了，从大禹、轩辕到顺治移民，孔孟之乡……遍访大儒圣贤，拜读四书五经，秋水文章。

我要让寂寞已久的笔尖口吐莲花，激情潮涨，让羽翼的手指飞舞在悠悠的弦上，静美的日子余音绕梁。月光链接了花香。

2

让我在大雪中回到生命的初态，流转的眼神翻新人间。

从此没有牵绊，没有顾虑和心灵的障碍。焦灼、困顿与忧伤烟消云散。

我是新的，全新的呀！清新的灵魂扑面，细细痒痒；优雅的雪花萦绕，纷纷扬扬。

大雪度我的心灵，赐我虔诚的信仰。我迢迢的驱驰与奔赴乃是神圣的皈依。

我用大雪洗眼、浴魂、濯心，亦用大雪清算陈腐的思想，剔除一切心灵的阴影，呈现不俗的肉身，精致的灵魂。

从此，我将永不回首，永不留恋追捧的簇拥，仰望的献媚，带上冰雪的精神绝尘而去，与虚荣和虚妄一刀两断。

让我用大雪的歌喉，吟唱淡泊的襟怀，断崖式的无欲则刚。

带上诗和哲学，山清水秀的爱，抛却呼啦啦的大氅，做挎包的途牛，呼朋引类的驴友，或去海天的宇间扬帆……

摇曳的花枝吆喝风雨雷电。

3

我自由了，真的自由了。

感谢大雪赏给我冰雪聪明、闪耀的清醒与自觉。

从此，我不再让阴影拦住去向，让浮云遮挡望眼和开拔的脚步。我在大雪中实现了华丽的转身。

好及时，还没等我老去就又拥有了诞生。我将倍加珍惜时光，对每一个日子都精雕细刻，绝不马虎和匆促，更不会对诗和远方搪塞与敷衍。

我将凑近一切美好的事物，细究它的孕育和生长，以及它的幽影与微音、永恒与瞬间交换的眼神。当然也可以优哉游哉，心无挂碍，行吟放歌，癫癫狂狂，像风那样纵意，像云那样飘荡。

心灵高翔，在一切物质之上，沉重的欲念之上。

呼吸不在历史那里

我的眼睛总是在新鲜的事物上发亮，但对腐朽的东西发怵、生怯。我不想挂着锈蚀的铃铛在春风里游荡。

蝴蝶的路线我想走走，丽荷上的蜻蜓我爱端详。

一些叫不出名字的甲虫，用湿润而尖锐的触角探索未知的世界。我点赞。在萌新的大地上我用于观察春天的细节超过了对经典的诵读。有时也很纠结，但新鲜的事物战胜了书籍的诱惑。

露珠可以润喉，让我唱出时代的光芒。

寂静的流水、清澈的虫鸣都可用来明目、洗耳，效果大于那些谆谆的教诲。

我好奇——

苹果里隐匿的梦，我想把它拨出来，交给春暖的大地；

石榴满嘴都是星辰，开怀迎候春天。万物都有智慧和美德，必须去发现和领会。

　　红虫为春天测量体温；瓢虫驮着北斗七星奋勇前行；

　　太阳的洪钟精神抖擞，明月之辉纳入上善的系列。

我接纳。

　　我的微笑有时被一只蝴蝶紧紧跟踪。

经历的暗是光明的铺垫

当我抬起头，天已经黑了。

它来得如此快，我只顾低头读书了。它发生的过程被曼特尔斯塔姆的诗替代了。

窗口黑如墨。列车一定是经过荒郊野外，没有村庄和人烟。

速度摩擦着大地。我乘坐的是一条奔腾的河流，天南地北的口音是浪花。

夜，多么有趣，世界像不存在一样。眺望的目光收回了翅膀。

不需要去跟踪阳光的脚步了，也不需去看清一些事物的真相，更不去参与它内部的矛盾和斗争，它怎么存在我都赞同。

隐匿的东西我不去刨根问底。

黑暗把它们融合到一起，宽容的巨翼孵化各种思想的鸟，并赏给它们喜欢的天空。

我不担心光明的种子沉沦，我也不急于擦亮暗下去的物质和精神，它们终究是要现身的。黑暗，只是它等待和酝酿的过程。

闪耀的台词存于梦想的手笔。时间会推荐浑厚的胸腔，洪亮的喉咙唱出真理的强音。

我早已准备好了抵达的心情。一座城市熟悉的灯火热情地为我接站。

我所经历的暗都是光明的铺垫！

渴望浴火重生的灵魂

从前，我没有在优美的灵魂里活过，现在，我想回头，在那里摆渡。

风，扯着我的衣裳使劲抖动，那里有世俗的灰尘。

它还吹起我的额头，细察那里的烦忧——沧桑的大地，山河中灰头土脸的故人。

欲望的肉体包不住冰清玉洁的心。

当然，我也曾善良过，拥有过佛心，但不是高蹈的普度众生，而是从污泥中探出头来，让祖父说过的道义和良知吸一口气，以告慰九泉之下的他。从小，他就用仁义道德浇洒我这株乖乖的苗，但他不会知道今日我在人间的彷徨与挣扎、妥协与沉沦！

我曾有过排山倒海的怅惘与寂寞。

坐轿子的，驾摩托的，蹬风火轮的，一个个从我眼前驰过。我领受飞扬的尘土，颤抖的空气。

我是挑担子的，我的肩膀如拉纤者，留下了深深的一道沟。

我为生活劳苦，没有为优美的灵魂留下过可歌可泣的脚印。

风，继续吹我，细究我的眼神。

我已没有了茂密的睫毛，它单刀直入，闯入我的心灵，我那窦性的心律已没有了清悠的琴声，表面斑驳而漫漶，如风化的石头。二尖瓣狭窄，血液拖泥带水，浪漫与天真杳无音信。风，摇头叹息——这样的人，灵魂怎么摆渡？！

风回到我的身旁，继续吹动我的衣裳。我日渐稀疏的头发又添加了雪霜。

我站在寂静的旷野上，渴望优美的灵魂附体；渴望风为我疗疾，抚慰我坎坷的心，剔除血液中重重的暗影。

燃烧吧，和秋天一道浴火！我的灵魂是涅槃的凤凰。

露珠上的光芒叫醒了我哑默的喉咙。

火焰的记忆

火焰的杯子盛着浓烈的胆汁；盛着勃勃的青春之势。

面向它，目光畅快地豪饮。气血两旺促我精神抖擞。

黑夜的荒原，奋勇的、噼啪作响的歌喉亦照耀我的倾听。

寒冷在四周围攻——后背是寒冰，胸前是烈焰。冲天的逼迫。

灵魂的舞蹈是冰火签下的合同。我的形态妖娆于冰天雪野。

世界的边际，火焰为坚执的理想竖旗。

仿佛生命的羽化，涅槃重生；仿佛黑夜的顿悟，一粒火星澎湃的振羽。

邈邈的星汉充满草木粉身碎骨的香气，弥布漫漫之长夜。

光的膂力让黑夜最终落架。

当汹涌的黎明从地平线上亮耀出场，火焰之心转换为东方破晓。

火焰还成，并没有退到历史的深处。它在我的血液里奔腾呼啸。

那最经典的，永远流传的篇章已是心灵的铭刻。

生命必须是燃烧状的

你要警惕安逸的、无所事事的虚空。

你的魅力、魔力都在你的眸子里和举手投足间。

梦想和追求是最佳的滋补品，不仅养心还养颜，对生命有益。

美好的事都像珍珠和碧玉，可以触摸、沉醉和流连，着迷地欢喜。

继续你的芬芳。八十岁、九十岁你还是花期。

存在或是盛开，或是结果，或酝酿吐芽！即使死亡也要让飘散的灵魂像蝴蝶一样飞。

爱是博大的，不仅通向天边，缠绕地球，还覆盖星汉，与宇宙等量齐观。

去爱！拿出真诚的行动，在风雨的路上携手同行——知心的爱人。

生命必须是燃烧状的！

优雅地燃烧最好！但不要剧烈，不要狂躁和迷乱，否则，刹那间你会落架，或伤及别人。你要像灯笼，喜悦又理性——爱是智慧的尺度，让你通明到天亮！

你必须保持口齿的幽兰之香。

不只是用来吻，而是用于发自内心的感恩与赞美。

感恩与赞美是优美又迷人的德行！

要旗帜一样舒展，悠悠我心地吹拂。
有勇气成为风中之蝶，不放弃所爱，又熟悉芳香的路径。
拥有对星空之敏锐的触觉，像蜜蜂一样孜孜不倦地采蜜！
巧克力、牛奶、白云和幻想都可以喜欢，咖啡和绿茶也可以引入生活。

创造秩序的生活需要用心。

把光放在光的地方；把事物的影子摆放整齐。
用过的水果刀要拭净，以迎接下一次甜美的光芒。
月光也不能让它拂尘或有污渍，始终要焕然一新。

永远视自己为天使，你就在天使的序列中。

魔鬼都是招惹来的，对此，你要加一百倍小心。

是雨前的风起，也是雨后的彩虹。

裂隙

椰树活泼的叶子，细致而茂密的纤指是对长风的谦卑。

风，顺利地穿越，在穿越中得到梳理。仿佛奔腾的烈马，扬鬃的畅意，充满抒怀的意味。风，献上婆娑的敬意！

椰子处高而不坠，安居乐业。风从不去劫掠和践踏。

这是椰子的智慧、仁心与修为。总是谦卑、礼让、优雅而恭谨，不与激荡的风雨抵触和对抗。

椰子为在大地上站稳脚跟而建立起了优美的机制。

看呀，棕榈也是；槟榔也是；芭蕉也是；狐尾椰子也是；龟背竹、蒲葵和散尾葵皆是——风雨、闪电、星辰穿流其间，却无摧毁！

夜颂

多么美好，夜，亲切而迷人。

弥漫的香、如沐的微风萦绕着我——可视为诚意的赠予与祝福。

大地不绝如缕的虫鸣对我的倾听关注已久。我受宠若惊，仿佛学识渊博的大师和我谈起了生命与哲学。我愿做一个虔诚的倾听者。

夜，繁荣和升华了我的想象。草木的气息也让我充满感激。

世界是个宏大的体系，所有的存在都有身份；所有的变化都有逻辑性。

存在就可以发声。嘴和喉咙都在春天里复苏。真知灼见的花迎风怒放。

当然，对缄默的果实它也理解和赞许。

黑夜不是黑暗，不是阴鸷、阴谋和暗算。而是筹谋、酝酿、孜孜不倦的孕育，是能量的蓄积。

我对黑夜不仅好奇、欢喜，且总是主动接近、配合和融入。

多么和谐！我与寂静、深邃的世界不分彼此，甚至那璀璨的星辰对我的生命和灵魂都有滋补的作用。幻想充满乐趣。一弯弦月亦如香蕉细腻而甜美！

我常常在黑夜里思考一些问题，匹夫也关注天下，江山和社稷。

当然，我也爱躲开耀眼的灯火去徜徉，或去拥抱心爱的人，倾听她的低语。

我们的血液不乏担当的肩头、磊落的胸襟和对爱的忠诚。燃烧的渴求常常情不自禁。

夜，是通向黎明的唯一路径。

春风春雨从不落空

新鲜的晚风突出了花香的谋略。内心的结构比白昼幽隐而复杂。

秘密的花园隐瞒了色彩却充满了魅惑。心声被脚步听见，并深谙其意图。

意识是含苞的蕾，你得有勇气让它盛开，那才是东风浩荡的汉子——魄力和智慧的热情高涨！

黄昏是为爱准备的，需心领神会，不能像榆木疙瘩，百呼不应，千唤不醒。不可救赎的愚顽。

铁石从不开花，何必为它求雨。

必须有血脉、灵魂，才能为其抚琴，落实甘霖。

白昼放你归去，必须抓住大好时光，不可优柔寡断。

用凌霄的羽翼覆盖崇高的山峰和大地的胸膛；用风的柔情蜜意去拂动万重花影！

春风春雨从不虚妄或好大喜功。

动情的大地，鼓舞的种子都是它得胜的旗帜——灿烂的笑容。

　　　　　　　　　　　　　大地上的庄稼

自由的心举义，冲破冰冷的钢铁，百般的劝阻。世纪的新知与猛醒，奋不顾身向欢腾的热血投诚！

真理和事实都归于你、赞美你，勇敢的心将光荣的旗帜挥动。

敢恨敢爱，才是英雄！

关注大地的细节

1

一只凌波的燕子带出的漪涟圈阅了浩瀚的水天；

一只雨林中的蝴蝶成为一场风暴的按键和机关；

一滴晶莹的露珠容下万道霞光和大地广袤的春色；

一朵轻盈的蒲公英举重若轻，带动绮丽的梦袅袅上升……

细微之处有奇迹，渺小的生命应敬畏。

诗人威廉·布莱克说："一沙一世界，一花一天堂。无限掌中置，刹那成永恒。"

2

没有渺小！

微而不卑，卑而无微。

真正的神灵都低到了尘埃。安泰一刻都离不开大地——生命所系。

高傲者目空一切，总是凌空蹈虚，无以致用。

不能落地生根，再好的种子也不能开花结果！

我爷爷说："小隙沉舟，小虫毒身，小人贼国。"

我母亲讲过："针眼大的窟窿有碗大的风。"

爱下棋的父亲常感叹："一着不慎，全盘皆输。"

我还听人说：一只蚊子夺去了一个人的生命；一个松动的马掌输掉了一场伟大的战争；一粒火星摧毁了千里草场，万亩森林……

3

不能只盯着宏伟和壮丽——沸腾的火山，崇高的圣境，摧枯拉朽的大潮，爆炸的河外星云……

请俯下身子，关注大地的细节——具体而微的事。

关注人民的阴晴冷暖、喜怒哀乐；关注春天的种子的生长；关注幽暗的巷子是否有阳光的惠顾；关注乡间的路是否甩掉了坎坷和泥泞；关注每一缕炊烟是否照常升起；每一条河流是否还清澈如许；关注萝卜白菜、鸡蛋和肉品的价格和新鲜度……

去看看，城市的呼吸有多少花树相迎；凝滞的车流消耗了多少时光；排长队的人求的是什么？都说了什么？我们的政策是否参考了人民的心声……

洞察隐性的黑洞是怎样吸食了阳光。有人总是假惺惺，笑容可掬！

别忘了芦荡里的火种，山涧里的驼铃，红嫂的乳汁，王二小复仇的热血，荷花淀里穿梭的雁翎队……血沃的中华，朝阳的初心！每一朵奋斗的花追求的都是结实而甘美的日子！

请常想着南瓜和小米的哺育之恩；粗糙的大手推动着支前的滚滚车轮；抱团的青纱帐如何掩护了革命的火种；一只只小船是怎样把革命送上了对岸……

人民的心情透出时代的质感。

人民的向往是伟大的梦想之本！

我们的头顶原来是这样一轮太阳

这威风的太阳！

它绿它蓝它红它紫……炽烈而斑斓。

细致而鲜嫩的蕊勾连大地，赐予众生繁荣的力量，瓦解沉重而暗滞的梦。

奔跑，扬鬃奋蹄，抖动羽毛，柔韧而细长的舌尖舔食星汉的蠕虫，拥揽天地云水，越过山脉与江河的斑马线，将自由的思想发放给花朵、水滴、旋转的果实、孤独的火焰、蓬勃的欲望……

这猛烈的太阳！

它夺下纷飞的暗箭，密集的黑洞，狂舞的尖角、利齿、铁爪……

让新生的迅疾而上，腐朽和衰败轰然塌陷，在时光的绝壁之上安置犀利的目光，刻下神秘的铭文和预言。大地的青铜标榜雄厚的文明；瓷器的天空炉火纯青；纯粹的翅羽抚拭星辰。

这旋涡的太阳！

它吸入哀泣、悲愤，绝灭的史前。

封存忧郁的伤口，吞咽苦水和一切隐疾与伤痛，扯断怀疑、妒忌的阴云，为悠扬的未来铺设前程。

曙光的洪波涌起，浩荡的风云激荡。

一切虚张声势、梦呓与谵妄被剔除。天空和大海被打磨得光可鉴人。所有的生长都尖叫着充满畅意与快感。

我见到了从前不曾见过的太阳，它是一个孩子早晨刚刚赐予我的。如此新鲜，梦幻，充满动感，让人兴奋。

光芒的脚踵高蹈，黑暗的幻影杳邈。

旋转、奔腾，尖利的齿轮旋转，咬合时间的歌，让世俗的心灵和目光惊喜！

哦，原来我们的头顶是这样一轮太阳！

千年松

1

一站就是千年——时光之神，天地之英雄。

它从唐朝那块儿走出，风尘仆仆。

走了一千二百个春秋，路经五代十国、宋、元、明、清、中华民国、中华人民共和国。所有见到它的人都赞叹、景仰、盘桓、沉思……

一千二百年。我父亲、爷爷和曾祖父，三代人的年龄加在一起，不够它的一个零头儿。往上，再溯十代，累计的寿命没有它长。一个王朝没有它长，几个王朝合起来，还是没有它长！

面对千年松，我不停地追问：你何以能活得这么长久，这么壮美？！

我倾听——虔诚而恭谨。而它无语，安静如神，不吐半点口风。

风云流变，阴阳昏晓，它素处以默，一枝一叶都有开悟的力量。

我站在它面前仰望、思量，突然慧心一动——这千年松其实把一切早已写在了风中；写在了阳光里；写在了每一滴雨、每一片雪花上；写在了雷鸣和闪电中……它爱着这片天空、这片土地。繁密的枝叶，幽隐的根须贯通霄壤。

它深扎在这古老的土地上，与草木、庄稼和勤劳的人民一起呼吸……

2

挺拔如擎天之柱，遒劲恰似腾龙，蓬勃一如华盖。

风来，雄浑而澎湃。一地幽影堆放，邀你奔赴纳凉。

一千二百年，洪水冲击，电劈雷击，冰雪覆压，暴雨涤荡……它不知遭遇了多少劫难。

动乱的年代，一伙狂人要将它锯倒，说它是封建王朝的代表，当钢锯架到它的身上，突然狂风大作，仿佛英雄来劫法场，那些愚顽的小丑惊慌逃散，屁滚尿流。

那一年，辽东湾遭遇了一场百年不遇的暴风雪，它被夺去了一只臂膀，一只优美的臂膀，但它依然挺拔，一派大丈夫气象。仿佛在说，没什么，我还是一条好汉。

它也有光荣的时候——20世纪70年代，它的仪姿和神采以"根深叶茂"的题款出现在《红旗》杂志上——理论之树常青，实践之树常青。

一株千年的古松，总能道出一些真谛和历史的真象……

3

它在，岁月才不至于流失，历史才不虚无、漫漶。

它自信满满地站在大地上，擎起蔚蓝的天空，巨大的梦想。

它继续行走在时光的路上，英姿勃勃，昂霄耸壑。一位惨绿的少年。

历史、现在、未来……此在与彼在，光荣与苦难与它深深相融——时光会意的眼神，深邃而久远。

它在，我们的心才安适、有底，睡得才香甜，仿佛娘在，父在，我们才有个扑头儿，心灵才有个朝向，生命才有了依傍。

面对它，常常在想，为它，我们应该做点什么？！

可我们又能做什么呢？它不需要培土、浇水、施肥，它自然生长，吸收大地的营养和日月的精华。

它不需要筑高台，设栏杆，勒石记功。它只要平凡的日子，与天地气息贯通，与日月星辰保持密切的联系。

它拒绝荣耀和光环；拒绝神龛、供桌、香火和祈求的红飘带。

不要打扰它，折腾它，借它的身子求神拜佛。敬它，就给它宁静；爱它，就让它轻松和自由。

它将把万古长青的诺言落实到大地上，真理之身蓬勃于时光的深处。

第二辑

大地上的庄稼恩重如山

我的爱纳入大地恢宏的体系

　　题记：辽河"金三角"，自古就有"鱼米之乡"的美誉，是国家重要的商品粮基地，所盛产的大米成为"中国国家地理标志产品"，享誉天下。每年九月，这片大地，稻浪翻滚，一片辉煌，十分壮观。

九月。辽河北岸辉煌而耀眼，
金色的稻田如黄金在大地上铺展。

长桥卧波，夏天向秋天跨越。
　　脚步倾心富饶的水乡，暧昧的身子像一只蜜蜂，习惯了芳香的路径。

　　池塘和渠水连接云影天光。爽风频拂，稻子笑容可掬。
　　秋天在此，喜不自禁。丰收在望，浓郁的稻香是空气的涟漪。

蜻蜓拔高翅膀，合力抬起浩博的寂静。柔韧的菖蒲，袅娜的芦苇编织大地之美。牵牛花漫过长堤——唢呐的乐队兴高采烈。

我走近稻子，放低了身子，呼吸受宠若惊。大地的稻子与我深融。

我向田野问好，与丰收搭讪……心中的祝福袅袅上升。夕阳将我的身影抻长，投放在稻田上，生命和灵魂被稻子簇拥……

我的爱纳入大地恢宏的体系！

大地的金嗓子是丰收的嘹亮

　　春天定下的行程——

　　九月去听长江水，到上海的外滩领取辉煌的夜色，顺便再去江南的曲子里优游，换换生活的背景。

　　时光是窄巷，脚步是大道。

　　斑斓的向往归于诗和远方！

　　临行，去辽河对岸盘桓，突然发现了大地的绚丽——崇高的稻田，泽辉的水乡，连绵、铺展，散发光芒……

　　迷醉的身子放弃了远行的计划。

　　田野说是对的，你不能离开故乡，享受美好的时光也不必舍近求远！

　　风亦缠着我，答应让我思如泉涌，才华横溢和浮想联翩！

　　九月的熟稔是喜临门；

　　九月的收成足以歌之蹈之；

九月的故乡是黄金，又胜却黄金。我暗淡的歌喉需要镀金；

九月，绚烂的铺排不仅是对汗水的回馈，也要我徜徉的脚步和肺腑之言。

其喜洋洋，月下飞觞。满天的星辰溢脂，万家的灯火甘甜。

一切生命可依靠的肩

辽河在接近大海的地方打了一个弯，仿佛摆动的鱼尾。

水缓缓地流，从容而安静。迷人的蓝、飘动的云彩都是依恋。

从此岸到彼岸，到浩瀚的芦苇荡和天边，悠悠的大鸟穿针引线。

我看见了村庄——风吹草低，露出了它的脊背。

远远地袅袅的炊烟如溪流注入了白云。梦的藤蔓往天空中攀升。

那就是民间，挨着草木和庄稼，谦卑、温和、朴实。

在那里，能嗅到大海的腥湿味和草木的香；能听到蛙声、鸡鸣狗吠；能感受到春天和秋天以及它们在夜晚幽昧的气息。

所谓民间就是弯下腰可以播种和收割；临水可以照见自己心情的微波细澜；蹲下身子就能读到大地的细节；静下来可以听虫儿的吟唱，也可以观赏到蚂蚁的繁忙，蜜蜂汲取花蜜的专心……

村庄紧贴着地面，生命和生活贴着地面。一切的梦都变得牢靠。

暮色中，我看见那些鸟有的回到树上；有的回到苇塘；有的仍在盘旋，寻找落脚的地方……

大地才是一切生命可以依靠的肩膀。

爱有黄金的分量

一只大鸟，奋翮而上，动用了晴空万里。

它是从田野上的一棵树上弹出的，闪耀的翅翼拨离了凉爽的节季。

天空摇扇，闲庭信步；天空饰坠儿，优雅迷离。归思付于翼，消失在无垠之中……

一只大鸟，无以名之，却有辽阔的向度；

一只大鸟，翩翩地飞，追赶纵深的队伍。

天空往南倾斜，候鸟如珍珠滚落。

我痴迷于浩瀚的蓝……意欲跟上那天使的脚步。

而芦苇伸手将我从幻想中拽回——请守望故乡！

——现实的世界，欢乐的蓬间雀，都有忠诚的品德。

忽闪的飞絮是田野幽隐的思想，丰富的内心。

河上的波纹如弦，丝丝缕缕。幽幽的辽水弹唱。

委婉地提醒我——在寥落的世界里需保持坚贞之心！

风在吹——

马匹为我准备的驱驰的路途我已放弃。

流光溢彩的土地让我的爱有了理想的归宿。

野草也有思想，谦冲自牧，又秀外慧中。

虫鸣如簧，幽幽不绝——大地的口器，优美的吸引。

等待一场大雪舞动辽阔的时空，

晶莹的心灵，悠远的风声都将收入爱的卷宗！

我与稻乡有血缘关系

中秋已过，稻子在成熟的路上做最后的冲刺。

农民粗壮的手要释放收割的力量。快嘴的收割机已和田野达成了协议。

风灵敏的鼻子在稻田上来回地嗅，它将告诉人们什么时候该收割。

坝上的向日葵依然有新鲜的笑容，它不紧不慢，在阳光下漫步。

我不知道为什么它们都那么矮，成熟得又晚。它们背对着夕阳像回忆从前。

虫声依然热闹，像赶集似的，购销两旺。

蓬蒿虽枯，芳气犹存，恰似雅趣儿正浓。

我的神经和呼吸系统都皆大欢喜。一切都有完美的收口。

站在田头放眼丰收的人都与我沾亲带故，他们的额头比春天明亮。

他们还能叫出我的乳名，说出我小时候的事。我与稻乡有着血缘关系。

一株老榆树站在春天的位置却说秋天的话。

它们对农事知情，茂密的枝叶在风声里谈论年景。

秋天沉甸甸，夕阳下更添了光辉。

蒲公英又开始梦游了，抱着蔚蓝的天空吟唱。

瞬间，它不见了，隐于幽幽的蓝——无边的遐想！

田野仿佛完美的思想令人着迷

菊芋、菖荚、牵牛花还在吟唱秋色，它们坚贞、顽强，拥有浪漫的色彩。而蒲公英按时令的约定开始发布梦的种子。

泥湖菜张开洁柔的细羽，偶尔还有粉红的一朵，那是它们队伍里的奇才。

而菙、蒿、劳豆、鸡眼和牛筋草则枯萎了，卷缩的枝叶敛息。

天气不凉，可称为爽朗。大地有圣贤之气。

风的语言简洁而明快。事物之间都有着秘密的联系。田野仿佛完美的思想令人迷恋——"我们瞧不起沉醉于不完美地活着"。与世无争并不值得称赞。消沉的意志比腐朽还可怜。

我在秋天里总能找到花开。即使寒霜降，我也能从霜雪里嗅到玲珑的芬芳。

大地萧瑟，夜空里的丁香与玫瑰一起闪耀。而我总是忍不住将其指给她看，告诉她，那里有我的情怀，和对爱的依恋。

对那些倒伏的、枯败的草本我也总能看到不朽的一面，从不藐视或怜惜，它们的清气都留在乾坤里。梦想的种子被土地收藏。它们虽渺小，但在春天里一跃而起的姿势足可称奇。现在，它们悄然地收起了奋发的羽翼，而灿烂的歌喉永是黄金的品德！

沉默啊沉默，不用喧哗也不必急躁，崇高的大地解释一切，让你浑茫而疑惑的脚步茅塞顿开！

我喜欢秋天，它在一切思想和宗教之上。

心灵的觉悟与豪迈是雏鹰刹那间打开的奋发的翅膀。

　　　　　　　　　　　　　　　大地上的庄稼

稻子高贵的气质在一切草木之上

风如优质的亚麻，吸收了村庄的汗水和蒸腾的雨雾。

空气干净、爽快，充满清香，闪耀的心频频向大地鞠躬。

稻子认识那勤劳的身影，粗糙的大手；

稻子纷纷抱拳，揖别风雨交加的岁月；

稻子奔走相告，欣喜若狂，仿佛中了头奖；

稻子华丽转身，高贵的气质在一切草木之上。

爽风习习，芦花奋勇，天空扬鬃，白花花的银两收购时光嘹亮的蹄声。

大地落潮了。大地并不孤独和寂寥，一切优美的故事都将邂逅动情的口耳；一切奉献的美德都将被收集，在人间流传。

岁月不是飘絮和落英，不是浮云和浮尘。

它们都留下了种子和根须——所有的果实都是端坐的冥想，苦苦地修炼，等待新的机运的降临。

此时，我想折一苇叶渡过滔滔的大河——

怀抱稻子的金光，奔赴饱满而丰饶的未来。

遍地的虫鸣是金秋的拼读

高高的菊芋使足了力气，将下沉的夕照往上提拉，它的脸憋得通红，咬着牙，坚持了足有五分钟。后来，它还是松开了手，有些失望。

飞燕草以袅娜之躯拂动黄昏，又倏忽消隐。

黑夜不容分说从大地涌出，漫过田野，漫过我的肩膀，我的头顶，最后收口于东方冉冉之明月。

月光点亮了一条条渠水。

大片的白茅草将黑夜冲淡。

月光偏爱白，追不上绚烂的姹紫嫣红。

当然也照不亮你自以为是的思想和四处炫耀的观点。

但月光会使你脚下的路明亮许多。

寂静像灰质岩一样铺展，偶尔的虫鸣如溅落的水滴，润泽倾听的喉咙。虫鸣的洪流已成往事！

看不清事物的细节，一切朦胧而模糊，但能嗅到泥土的气息，草木的芳香。白日里稻子黄金的质感被抹去了，柔韧的草和坚贞的花在夜的底部隐姓埋名。

我站在田间，倾听虫鸣对金秋的拼读。

　　　　　　　　　　　　　大地上的庄稼

一只蝴蝶拖拽着暮秋巨大的沉船

草木凋零了，处处是枯败的堆积。

偶尔从草丛里飞出一只雀，在秋风里洒下尖锐的啼。

我在田野上走，如蒲公英以轻盈之躯对待季节的变局。

在我有些疲惫的时候，一株铁线莲吸引了我，它鲜活的心脏在萧瑟的风中跳动……跳动……充满血性。

我在它的旁边坐下，端详这朵比指甲盖大不了多少的花儿，无比欢喜。我把它视为大地美好的事物之一。灼灼的火，不熄的雄心。

心与辽阔的田野交换思想。

此与彼是太阳之于大地，亦是心灵的主体与辽阔的客体的对接。

当目光再次从田野那边归来，我发现铁线莲竟然招来了一只蝴蝶——黄金的使者。天使之吻。款款的深情。

呼吸缩身，眸子小心翼翼。

这可是暮秋啊，一只小小的蝴蝶有着怎样的坚贞与勇气！

我想听听它与花儿的低语——情投意合的一幕让我有莫名的感动。

想凑近——但我知道，只要稍微挪动一下身子，那只蝴蝶就会策马而去，萧瑟的风中花儿会再次陷入无边的孤独与寂寞，那只蝴蝶亦是前景渺茫。

世界静止了。

我看见那只蝴蝶翕动着翅膀，突突地发动——

在辽阔的大地上，它拖拽着暮秋巨大的货船……

星光的琴键弹一支丰收的谣曲

这个时候，星汉的稻穗比大地清晰。

倾听被虫声抬起，远远地超过了我一米八的身高。

风带芳香往我怀里投放。感恩的心频频鞠躬。

大地忽闪的灯火让我想起儿时哥哥从田野上归来的口哨……

这个时候是夜里八点十分，芦花像水牛弯曲的犄角和鹭鸶抖擞的羽毛……

夜和昼不是同一个世界。我用灵异的倾听和神意的领悟敬重它迷人的深邃。我的身子告诉我——风已在原有的温度里兑入了些许的凉。

寂静是白鹭的水天，镀银的啼叫耀眼……

稻子如涌，带给我心灵丰硕的喜悦。

星空优惠，仰望总能获益，就像农业免了许多税赋。

不能让种粮食的人吃亏受穷；不能让田园低落和荒芜。

我须以另一种方式传播人间的福音——骑上遐想的马匹，慰问光荣的稻子，勤奋的肩头和汗水，以及乡间的美德，忠诚的守望。

　　灯火的琴键弹奏丰收的曲子和大地的悠悠之心，
　　田地知音；粮食知音；百姓知音；一心为民的人知音！

大地如书，我爱不释手

汗水在稻子里储蓄，获取黄金翻滚的利息，梦想穿越风雨，被丰硕的果实签收。

完美的秋天来自粗糙的双手和大地的母腹。

风和阳光都有功德，对丰收享有崇高的荣誉，仿佛一条河注入大海就获得浩瀚的气魄，澎湃的歌喉。又仿佛拥有猛虎的山林，每一棵树，每一朵花都有威风和荣耀的光环。

你看，在辉煌的稻田边，芦苇依旧优雅，翩翩的风度仿佛腹有诗书。它频频向丰收致礼，是对大地的感激。

天雪米温柔的眼神是对秋的倾心，它的金手指光芒四射。

牵牛花不牵牛，也不牵马，它是田野上最优秀的乐手，光辉的唢呐流出大地的喜悦。

青蒿还保持着青葱，细小的籽粒繁如星汉，谦卑的心怀揣宇宙。

而苘麻、麦山翁即使枯萎了，也形散神不散。一个忠诚的，相互信赖的联盟。

我爱稻子，也爱一切美好的植物，它们使秋天拥有繁复的结构。丰饶的芳香令人感激！

我是大地的读者——
阅读庄稼，阅读草木，阅读风声和虫声，阅读月光与万物交流的笔记……

大鸟在田野上打开翅膀，悠悠地飞，那也是我喜爱的读物。
…………
我阅读广泛，孜孜不倦。
大地如书，我爱不释手！

大地上的庄稼

大地如福，人神共喜

稻子对风说：我已熟透了！

收割机听见了，如巨翼鸟扇动着翅膀抵达了田野。

它卷起黄金的波浪，将大地丰收的喜悦揽入怀中——颗粒归仓。

我站在田塍上，用经济学的眼光计算——辽阔的稻田乘以亩产乘以水稻的价格等于这块土地的劳动生产率，而它的收成，减去投入的费用——机械、人工等，就是主人获取的利润。农民不需要缴名目繁多的苛捐杂税，土地归他们所有。

勤劳遇见了风调雨顺，踩在了五谷丰登的鼓点上。

我默默地祝福他们获得更好的收成，拥有幸福的生活。

放眼望去，阳光普照，天朗气爽，收割机欢快地吟唱，稻子的秸秆纷纷扬扬。

田野清香四溢。一曲秋的欢乐颂！

想起了古老的农耕历史，先民们的《歌八阕》《奋五谷》——

人类有勤劳的美德，坚韧的基因，野草一样不屈不挠的精神。

哦，一切今非昔比。

大地如福，人神共喜！

　　　　　　　　　　　　　　　　大地上的庄稼

生活都脱不了"稻粱谋"

稻子加油生长，吮吸着阳光和雨水的乳汁。

我对这个秋天，这片土地信心满怀——"丰收那带翼的雄狮高飞，直抵银莲花寒冷的尖啸"。

喜悦的脚步惊起草上的虫跳。

一个农民在田头拄着锹张望。我凑了过去，求他为我拍张照，以金色的大地为背景。他对拍照并不娴熟，但很认真，为我拍了许多张，然后我们聊了起来。

他叫刘铁钢，有一百二十亩蟹田。他说今年的稻子还好，但稻田蟹没赚到钱，我问为什么，他说这里的野鸭子和白鹭鸟太多，被它们吃了不少！这些鸟他说不能打，都是国家保护的动物。说这话时，他没有一点叹息，自自然然，仿佛天经地义的事。我和他还谈到了水稻品种、产量、袁隆平以及生态环境和大米的加工与销售……谈了很多，直到晚风也加入了进来。

分手时，他凑到我眼前说："哥儿们，你这个人挺懂我们庄稼人！"这个时候，我才发现，其实他很年轻，只是面孔有些沧桑，经历了许多风雨。我的内心泛起了敬意和感动。握手时，他那粗糙又结实的大手仿佛把勤劳的美德也传递到我的身上。

哦，农民，我们的衣食父母，也是疗愈我们心灵的大师。

他们从不悲观和虚荣，也不唱高调，一生交给大地，耕种和收获。

哦，生活都脱不了"稻粱谋"！

每个人的细胞和热血都需要能量和营养！

大地上的庄稼恩重如山

北岸是乡村，南岸是城市，一条奔腾的大河将这沃若之洲一分为二。斜拉的大桥如巨翼搭在两岸，供我穿越。整个秋天，我的脚步在此频繁地转换。

风，理顺大地生长的季节，催发茂密的梦。

阳光在辽河三角洲上晒出了浓郁的稻花香。呼吸于此是幸福的充值。

每条阡陌都是心灵抒发的弦子。碧玉的青纱转向灿烂的黄金；辽阔的葱茏划归无边的辉煌；繁密的虫声吟诵五谷的生长；芳菲的星辰注视着天下粮仓。

母爱般宽广的田野是我心灵的朝向，令我沉醉、流连，无限欢喜和依恋。

大地上的庄稼恩重如山！

天鹅花的号角还是乡土调

红衣稻草人在田间守望。

几个农人在渠沟边用水泵排水，晾晒稻田。白云在头顶突突地响，像神秘的UFO。

大鸟振翅，天空羽扇纶巾。喜鹊在风中溅起闪耀的浪花。无数小蜻蜓展示优美的纱裙。

银莲花和翠雀花已谢了，芦苇的叶子又黄了一层。

一片野草匍匐，它经受不了劳豆的牵扯。这种植物的名字我刚刚对上号——一个紧密的联盟，所有站立的植物它都去攀附，比葎蔓还野性，还顽强几分。

大地丰饶。我对变化的事物兴趣盎然。

鸟用翅膀划桨，飞度邈邈穹苍；虫鸣在大地上弄弦；小巧的蝴蝶在深秋中始终保持微笑，这令人讶异——它究竟有多少热血可抵御料峭？！

天鹅花的号角还在吹，是乡土调。
但一点也不俗气，喜庆的气氛亲切而浓郁。

季节在天地间幽隐地转换

天空，淡淡的一抹薄云。

寂静像毛茸茸的灰泰迪。

我走在方格的稻田上，没看见一只白色的大鸟。

昨天和昨天以前，这里总有它们亮耀的身影，仿佛翩翩的仙客相聚。

今天，不见白色的鹭，却发现了一只灰色的大鸟。

为什么换成了灰色的，且只有一只，孤独地盘桓？要不是它突然飞起，扇动了天空和大地，我不会发现它，因为它与泥土、与枯萎的草和云翳的色调很接近。

灰色的大鸟展开翅膀，像灰色的理论，不确定的信息。

季节在天地间幽隐地转换，带着时光隐秘的悬念。

风吹着田野，吹着水稻和坝上高高的芦苇，沙沙地响……

田野比先前更空旷和寂寥。

天道有常，季节转换——循环的本质。

哦，一只灰色的大鸟在飞，

我突然感觉它像一把踌躇满志的镰刀，发出收割的

信号。

是该为这片土地做点贡献

望眼对丰收的田野已有了预测。

遇见的农人亦是满脸喜悦。但有时，我还明知故问，也是求证，打探着庄稼的收成，而农民兄弟只是点点头，含而不露。

昨天，在坝上遇见了一位七十多岁的老大爷，我问他今年年景如何呀？他没有正面回答，却说起了三十年前秋收的前夕，曾下了一场有鸡蛋黄大小的冰雹，损失惨重。他感慨地说，没到手的东西，不能说得太早。

今天在这收割的现场，黄金般的稻谷从脱谷机的管子里喷涌而出，像开了闸一样。我问身边一个矮个子农民："今年可是丰收了吧？"他喜笑颜开，挥动着手滔滔不绝，与喷涌的稻子在一个频道上。我的倾听亦喜不自禁。突然，他话题一转，问我是哪里的人，他说："我看见你总在这片稻田转悠，干什么呢？"我说就是喜欢这片稻子的气味！"气味。"他重复了一下，似懂非懂地又问，"看你是城里的人，有没有什么关系，我这二百多亩水稻得卖掉。"我一时语塞，脑子急速地转动，对大脑里储存的人脉过筛子——是呀，我于此流连了很久，获益匪浅，是该为这片土地做些贡献！

专注的倾听转为沉默的思索……

风雨的天空对照希望的田野

庄稼收割了，土地露出了男人黑色的胡楂。

狗尾巴花还是乐观主义者，站在田头眉开眼笑地迎迓。

枯败的草丛忽闪着不屈不挠的金蝶。蓬蒿和苘麻的腰上系着牵牛花的铃铛；紫嫣的小调唱出的却是爱情的玫瑰……

忠诚的土地再次被丰饶的果实证明，勤劳的故事里总有幸福的喜悦和丰衣足食的佳话。

是种子的荣归，又是洒下的汗水的凯旋。

风雨雷电训练出人民坚韧的意志和梦想成真的步伐。

田野，有我们充盈的血气，世界之刚性的需求和奋发的动力。我们的思想和脚步需献上辉光的义务。"在我们苦痛之芒上，意识的晨光前行并沉淀它的沃土。"

我热爱的田野是共和国坚实的托盘。

饱满的歌声是劳动者汗水的浇灌与哺育！

大地醒来，一轮朝阳带着晶莹的露珠冉冉升起……

我找到了自己信念与自豪的额头——风雨的天空对照希望的田野……

丰收的光芒是汗水荣耀的归来

我的诗来自田野，来自滚滚的稻浪的吟唱。

大地丰收，载歌载舞的光芒是汗水荣耀的归来。

我是一面镜子，触景生情，而对神灵却总是怀疑。

我不知哪里能闪现上帝的笑脸，智慧的眼神。

但我相信人类，只要勤劳，热爱生活，就不愁丰饶的收成！

安逸我不感兴趣。

五彩的花瓶不如一片野草生动，即使有过辉煌亦是飘逝的烟云与鸿毛。

眼前的才具有意义，生命的翅膀有回旋的余地。

一把稻穗是星空在手，沉甸甸的喜悦闪耀着光芒。

我是现代主义的接口。

我知道，弯下腰，撒出种子，大地就溢出甘美的风声。

每一朵芦花都是时光的马蹄；

每一只雀都比传说的凤凰珍贵。

我所爱的书都沾了田野浓郁的气味。

思想的光芒必是经过大地的实践和风雨的验证。

比如这一片稻田就在一切理论和宗教之上！

我总能找到鼓舞的力量

这个时候，风直言不讳：说寂寥，说萧瑟，说空旷……

说拐弯入海的辽河将贴上冰雪的封条，但不影响暗流与大海的沟通……

风说芦花的白——呼啸的烛光，峥嵘的岁月，摇曳的仪态。

我总能找到鼓舞的力量。即使枯萎和凋零也是一种美德。

琼脂的月光从芦苇的胸膛里取出水晶的歌声。一片片蒲公英如幻念在风中摩肩接踵。

我对厚重的土地始终如一地信赖，仿佛钻石拥抱忠诚的热血。崇高的爱总有坚贞不渝的守望。

脚步铭记田野。目光和胸襟与大地相关。

无数花开的纵意予我以丰饶的痴迷和探求不止。

严冬即将到来，我依然会倾心这片土地——飘飞的大雪铺排嘹亮的视野，洁白的脚步带出耀眼的早晨和地平线上燃烧的太阳，以及倾听在风中收集到的幽隐而纯洁的声息……

想去田野上饮酒

兄弟，我想约你到田野，到坝上饮一次酒，畅叙幽情。芳草的幽思萦绕，一片秋光兑入酒中饮。我们话桑麻，话丰饶的年景，共商未来的生活！

我爱的女人，稻谷一样成熟的女人，我也想和你同饮。一起醉。我们只用酒说话；用朦胧的眼神说话；用发热的身子说话……我们是越烧越旺的火——上帝现身……茂密的野草、芦苇、大片庄稼都将摇曳。我们矢志不渝成为大地上忠诚的蝴蝶，和比翼的鸟。名副其实的自由。我们用田野的寂静，用繁密的虫鸣遮蔽那些吊诡的眼睛和倾听。

我们誓做与大地恩爱的人！

从前，我多么古板和拘谨，现在我想和我的肝胆的兄弟共饮；和我爱的女人共饮；和我的热血和灵魂共饮。我们风一样轻；大地一样辽阔；草一样恣意……

有梦的美景，又有蓬勃的心，那才叫生命的率真！

饱胀的天下粮仓

大豆、玉米、高粱充满了欢悦，它们对爽朗的风，普照的艳阳总是倾心。

每一株庄稼都向着圆满做最后的冲刺，它们跃跃欲试，去拥抱丰满而结实的日子。

一粒粮食是渺小的；

一穗粮食也是渺小的。

而一大片庄稼就举足轻重了。

要是它辽阔、磅礴，翻腾黄金的波澜，那就不同凡响了。

不可轻视的田野，深邃而博大的秋天，共和国的底气和力量在那里存放，人民的福祉连接着殷实的收成——饱满的天下粮仓！

我们都被大地供养，充盈的血气仰赖农业的恩典。

五脏六腑爱慕五谷丰登，丰饶的年景就是国泰民安的时光。

大地上的庄稼

把太阳的光芒落在实处

风，千丝万缕，织出大地丰收的光景。

望眼皆是惊喜——流光的翡翠还原为闪耀的黄金。

节季是魔法，万物听从它的指令。

条条阡陌都是我徜徉的路径，也是我放射状的思想。我必须在大地颗粒归仓之前完成一部大作——《安天下》。我把五谷丰登放在首篇，然后，从三皇五帝到如今，重农的思想我再慢慢道来！

我走在阡陌上，时而欣慰如风轻，时而沉重如大山。

忧患的意识来自"天下兴亡，匹夫有责"的血性！

走累了，我仰卧下来，背靠厚土，面朝皇天。我将自己放低，低于稻子，低于蓬蒿。它们的纤指都在弹奏秋风词。

虫鸣如诵，洗我耳根，焕发倾听。

我收集乡间的忧喜——弦里弦外之音。

关照稼穑，体恤农人才是辽阔的良知——

大地稳实，风调雨顺，才有丰衣足食。

把太阳的光芒落在实处，

黄金的歌喉，黄金的舞蹈——是盛世的庆典。

每一朵花都有开天辟地之力

高傲的怒放胜任凌霄的自由

怒放又加了风声的无忌，阵阵芳香奋不顾身——狂野的玫瑰。

借风的马蹄逐梦。纷繁的细蕊如星际的呼啸划过仰望的头顶。

无有秩序和戒律，无有模式和信条。任性而为。

对古老的赞誉——娴静、娉婷、优雅与婀娜的词都不屑一顾。

拒绝贪婪的心，近觑的凝视，赞美的收藏，定格的封存，王子的折归……立志做蔓延的烟火，混沌的初蒙，决堤的洪流，杳邈无踪的飞絮。

有傲骨，闪电的果断。取义成仁的侠气不屑于王者的隆恩，宠溺的花瓶，柔弱无骨的寒宫娇娃。纵情在风雨中甘愿自毁！

不可探求底细，幽隐的内心携带锐利的芒刺。

一切鲁莽的侵入与冒犯都将付出血的代价！

请不要靠近她，嗅她，恶浊的呼吸会将她激怒，再厚的脸皮也会被划伤。

玫瑰——高傲的怒放胜任凌霄的自由！

想在故乡再栽一丛黄玫瑰

东风殷勤唤，终于被感动——黄玫瑰喷涌而出，黄金一样闪耀。熠熠生辉，香气幽幽。

小时候我家的院墙外有一丛黄玫瑰，每年五月，风雨不阻，如期盛开，迎风摇曳。那时，母亲唤它"姑娘"，至今，我都不知道那名字的由来，定是母亲喜爱，自起昵称，视为己出。

就像味蕾牢记着妈妈的饭菜香，我的嗅觉仿佛与黄玫瑰也有血缘，不论在哪里，只要见到黄玫瑰，总是心头一颤，凑近它，深深地嗅，或发一会儿呆，像回到故乡，回到亲人的身边。

遥远的忆念……

父母早已不在了，二姐嫁到另一个山沟。如今姐夫也病故了，她的两个儿子在外打工，一年四季，重重的大山包裹着她的孤独。

老宅成了谷地，春种秋收，那丛黄玫瑰无踪无影，但我的想念，无尽的乡愁永远是黄玫瑰的气息，深入骨髓。

我想在故乡再栽一丛黄玫瑰！

黄玫瑰爆发爱的宇宙

昨夜的风好大，白杨树呼啸，如一列列货车往天空里开。我驱车去郊外的明湖，与黄玫瑰告别，并打开了音响，放出《你鼓舞了我》。深邃的歌声来自黄金的歌喉！

告别黄玫瑰并非我的本意，现实总是让浪漫的心脱轨。一条源远流长的河逼迫大地弯曲！

我知道当我再次归来，黄玫瑰必将凋零，想再次见到它，就得等到下一个春天。有时，对一朵花有着弥漫的喜欢。

我的车子就停在夜空的身边。去意徘徊。我一会儿望星辰，一会儿嗅花香，俯仰都是沉醉。为了看清黄玫瑰，我打开车灯，将它从黑暗中请出，紧簇的相拥是星光的姐妹！

我将离去，但黄玫瑰不能随行——正在盛开呀——青春的好时光。炽烈的宇宙爆发，缕缕的暗香是脉动。

我窃笑了——黑夜里嗅花的人不应是气冲霄汉的大男人，应是袅娜的仙子，花容月貌的女神。

有时，男人见到了美，比女人的心还痴狂……

黄玫瑰顶着大风开

舞动的黄金——黄玫瑰独辟蹊径的开辟。

樱花纷飞了；碧桃卸妆了；杏花让步青杏；稠李和海棠只留下叶茂……而黄玫瑰却顶着大风汹涌地盛开。

玲珑剔透又细蕊窈窕，芳馨的幽梦令呼吸流连。
纯洁而妖娆的美，谁不心仪，谁不爱慕和迷醉。

它的气息可不是丁香那么急切和尖锐。有许多次当丁香迎面走来，它身上的香味令我趔趄。而黄玫瑰绝不，它芳香宜人，让你灵魂倍感亲切。它能留住你的脚步，让你爱上深呼吸！

紧实的蕾，如一枚枚钻石翘望爱的莅临。含苞待放，欲言又止，暗示着美的秘密。敞开心扉的倾吐和表白不再嗫嚅和犹豫。也有的摇落了花瓣，开始孕育籽实，但却保留了含蓄的璎珞。慈爱的垂顾与怜惜……

黄玫瑰正开着——

是热烈的追求与向往；是真诚的歉意和表达；是悠悠我心的坚贞与等待……

渴望爱的人，我想告诉你——学习黄玫瑰，从内心深处散发优异的芬芳！

呼吸与倾听与受戒类同

春天吐蕊，万枝摇曳……

不必担心永恒流失，生命之光渐渐暗淡。
黄玫瑰告诉你人间有坚贞，有望眼欲穿的等待……

一杯红酒的玫瑰是否让人沉醉？
一支暧昧的情歌能否颠覆预约的灵魂？
从野兽到人，我们付出了多少隐忍的克制；从人到
野兽，道德在一夜间可以滑坡。

崇高的芬芳送达真爱的人，重重的暗影吞噬飘忽
的心！
黄玫瑰为谁无眠，为谁孤独，为谁倾吐幽幽的
芬芳？！
它在暗夜里紧盯了不变的心——忠诚是它永远的
赞颂！

呼啸的黄玫瑰，狂野的黄玫瑰，在黄昏里说女人的

柔情，说男人痴狂，说丈夫之美，说邻人之妻的窈窕，也说到——"我知道我爱你……"

于此，呼吸与倾听与受戒类同！

俄耳甫斯手捧的是黄玫瑰

你是神物，或者就是俄耳甫斯的化身——阵阵幽香，迷人的歌喉。

圣光莅临。风雨不顾地绽放，袅娜的芳蕊是闪闪的星座之激情的乐队。

昨天，你还是缄默的黄昏，像粒粒遥远的星辰，而现在，你是明媚的白昼，呼啸的翅羽奔赴五月的盛会。

永远的爱；永远的俄耳甫斯。

歌声使树木鞠躬，顽石优雅地转身，野兽信服地俯首，波浪平息了狂跳的心……

歌的神力源于天外，异曲的优美闻所未闻。黄玫瑰的幽香与灵魂契合，沉迷的呼吸妙笔生花。

哦，多少年我苦苦追求的就是有一支玉树临风的笔，想成为语言的通灵者，抛弃一切暗沉的窠臼，有闪电凌霄的意味。

新的词语是创世纪的斧头，是生命与灵魂优异的载体。必须获取这神力，对僵化的思想和逻辑各个击破。

让词语的鸟串联起陌生的世界；让对立的，不说话的事物彼此沟通、碰面，过从甚密，乃至相濡以沫。

让词语的风吹拂板结的大地；让铁板一块的模式松动、异变。杂草丛生之地亦可成为繁花似锦的欣欣向荣。

让词语的新器为历史的耳根松土、下种，丰富新世纪颖异的倾听！

俄耳甫斯的黄玫瑰，黄玫瑰的俄耳甫斯，我在你芳香的歌喉里获得神启——
对传统的背叛或许成为世纪的幸运！

永恒与芳香的链接

这个春天我云游的脚步四处花开——玉兰开在灵隐寺；碧桃开在濠河边；木香花开在姑苏；梨花开在千山；丁香开在大明湖……

黄玫瑰开在辽河左岸——

它优异的品格引人注目，蝴蝶和蜜蜂都敬佩有加。神性的手指点石成金。

都说立夏鹅毛稳，但风却不知从哪里又来了一股劲儿，整日呼呼地吹，许多花都隐身了，丁香也蔫巴了，可黄玫瑰柔柔的枝条星辰爆满，芳香之气摩肩接踵。闪闪的眸注视你的心，流连的脚步受宠若惊。

这些天，我总去黄玫瑰那里，它有香气，我有寂寞；它有佳期如梦，我有澄怀之雅趣。幽幽之意畅所欲言。

时光在它的薄翼上流转，变幻莫测又稍纵即逝。弯弯的芳蕊是宇宙的锁钩。我凝视它，用好奇的心敲门——世界隐秘的入口……

世界的奥秘在幽隐之处。

一些山，一些河，一些道路，甚至一座磅礴的城市都被我们用旧了，提不起精神，那就请你往事物的深处去，做细微的钻刀和幽微的探头——

我从袅袅的细蕊顺藤摸瓜，奇幻的世界由此展开——神光曜曜，迷离又恍惚。

玫瑰是天地的同心结——永恒与芳香的链接……

时间如一朵朵花在春风里展开

时间如一朵朵花在春风里展开，灰暗的寂静镀上了绚烂。

宏伟的星空被我忘在了脑后，我对大地的细节有着浓厚的兴趣。

眸子低下来，脚步慢下来，处处都是奇观——指甲般的花变成飞旋的涡轮机；铜枝铁干说出温婉的琼花。大地思维敏捷，口齿伶俐。

事物幻化，奇迹频发。

一根纤草从一片枯叶的虫眼里脱身，在风中起舞；胖子阳光骑着瘦驴般的影子嘚嘚地走向午间；曳步的杏花向东风打听谷雨的黄经度，而风却说出摇曳的狗尾巴花——所答非所问。

真是奇妙，大道在幽隐的事物里。

浩瀚的宇宙在一粒沙尘中琢玉藏经。

一只小鸟在河边饮水，又不安地瞭望。隔着远我嘱咐水要清澈甘甜。倾听许给了婉转的珠喉。

我向小鸟又靠近了一点，扑拉一声，惊飞了我的蹑手蹑脚。

弯下腰掬水端详——是只什么鸟？水知道，当然我也想知道！

春天是美好的，我不否认，但一些事物身不由己。

我偶尔的叹息，并不影响大地的光辉。

哦，丁香

其实，我并不怎么喜欢丁香的香，它有点尖锐、猛烈，撞击着呼吸。

有时，它随风袭来，让我的灵魂趔趔趄趄。我不得不躲着它，以防迷晕。就像遇见一个性格外向，对你痴狂的女子。

许多次我在想，丁香干吗要那么香？陡峭又突兀，它完全可以温婉一些，含蓄一点，袅娜最好。可它就是要那么香，不那么香就不叫丁香，就不能给你留下强烈的印象。丁香说，这才是我，我不爱斯斯文文，爱就爱得浓烈，把爱大声地说出来。

丁香也让我敬畏——深邃的赤紫，高贵的气息，精巧又细微的花瓣透出其卓异的思维。

耐人寻味……

梨花满天风生玉，紫气东来唤丁香。

我随口吟出了这两句诗。这是春天里我爱的两种颜色。真的喜欢。但梨花在山里，距我遥远，而明湖广场的丁香就在我日常的生活中。每到早晨或黄昏，我都爱往那里去，甚至钻到丁香树下，仰卧着，欣赏它卓越的风姿、婀娜的仪态。整个五月里，我被它的香气驯服了，也适应了，不那么却步了。我专注于它，凝神端详，并拍照，咔嚓咔嚓的快门是连发的。饕餮的镜头无餍足。我想拍出人间最美的丁香。偶尔，鸟儿尖叫着闪过。钻石的蓝弥漫在无尽的仰望里。

　　镜头爱上了屏息，爱上了深呼吸。凝视的眸对美的事物犹爱咀嚼。我的脚步沉浸于风的吹拂与荡漾。

　　丁香的早晨，丁香的黄昏，丁香的浓情和明眸善睐……

荷

你一直等我兴致的峰值抵达；一直盯着我幽幽的心，意识的闪电。

脱俗的笔致触及你的名字，唱出鲜蕊的重瓣，殷勤传语的缕缕馨风。

静碧的池水将大地圣洁的思想捧起，接受阳光的沐浴。

活泼又饱满的婴儿享受阳光的哺乳。那时，我的词语还是古人的客户，不能凌波于先人的头顶，冲击邈邈的云霄。所以沉默的孤僻太久。

迟滞乃是思想不能脱颖。

请耐心地等我——你对我说，我也对你这么说！

今天我们又喜遇——

团团阔叶舀取晶莹的天露，纤细的茎秆里蹿出花脸的豹，怒放的神兽。

夏日的风情已是万种，优雅的火焰击痛了沉滞的暗夜。

碧荷婷婷，有水涨船高，升帆渡航之意。紧密的相拥，含情的微笑。

盛装的白昼退场，遐思的月光恣意，喧哗的尘埃落定，繁朵溢出拂晓的微光。

我沉迷于荷的高洁。

每一朵花都有开天辟地之力

所有的花蕾都攥紧了拳头，暗语的眼神酝酿集体的暴动！

春天来了，每一朵花都有开天辟地之力！

村旁、河边、坝上、山中……涌出弥漫的光辉，冲天的旌旗一片嫣红。飞舞的翅膀给暗淡的日子带来了巨大的冲击波。

柔软的枝条挥手，坚执的根脉给力。大地的天赋已显露无遗，锋利的嫩芽刺痛了星辰冷漠的眼睛。

沉默与孤独也被抵穿了。绽放是纾解积虑之美好的途径！

谁能忍住内心滔滔的话语；谁还能在春光溢漫的日子里说伤口和疼痛；谁还能在机运遍地的春天投靠巫术，相信邪魔鬼道！

希望在自己的手中，得抓住不放！阳光巨大的磷面等待蕾朵激情饱胀的火柴头。

干柴烈火呀！轰轰烈烈，我可要义无反顾地投身了！

格桑花将雨后的高原照亮

　　天晴了。大雨隐于草丛和石头。

　　阳光在高原上洒落，翩翩起舞的蝶是明媚的耳朵。云雀的歌声调节旅途的寂寞。

　　被雨摁住的行程又启动了，庆典的彩虹解散了阴云。

　　车，轰响着，甲壳虫恢复了速度的翅膀。大地和天空流动，被雨幕遮蔽的远山巍峨地展颜。

　　远方没有界限，我身上的时代为我打开自由的大门。

　　神仙不是乌有的，我的身子是它的存在。绽放的心情有灵异之感。

　　迢迢的路，没有人烟，寂寞的花开不报姓名。

　　流动的窗送来无边的风景，我的望眼大快朵颐，有贪婪的嫌疑。

　　而绝美的赞誉都归到了祖国的身上，一览无余，奔腾的马蹄是祖先宏大的功绩。

　　我们最大的幸福是可以飞翔和驰骋。

自由有着辽阔的地域可以开辟。我的脚步和额头从来没有局促过。放纵的歌飘向天际。

一只野兔竖起耳朵，摇曳空旷的世界，然后隐入草丛。

格桑花灿烂了山坡，它们像充足了电，将雨后的高原照亮。

马莲花

黄昏的小路边，我又看见了马莲花。

那一年，在这条小路上，妈妈把马莲花介绍给我。我记住了她的名字。我学会了和马莲花说话……

她开得朴素而宁馨，紫的花瓣带着绿的条纹，像妈妈那藏蓝的围裙。她从里到外，善良而温和，且透着迷人的高贵。她坚韧，不论车碾人踩，都倔强地生长、开花，向路人捧出俏丽的心。

妈妈走后的第二年，我到了城里，每年春天我都要回故乡，顺着那条小路去找马莲花，挨着她坐下，流一次泪水。心，似乎也宽舒了许多……

马莲花妈妈，妈妈的马莲花，我们又在春天的路上相逢。我弯下腰，投上爱的眼神，泪水又一次涌出……

黄昏往夜色里转，那一簇马莲花已变得朦胧。

我应该归去了，可又怎么忍心把她留下，这孤独的路多么漫长！我凑过去，听她袅娜而细致的芬芳。

我不能走，我要等来浩大的月光，用幽影的马车载着妈妈回家……

大地上的庄稼

梨花是暗香与月光的合金

今夜我用月光和梨花想你；

今夜的幽思是月色与暗香的合金。

你给我喜悦搭配寂寞的幽谷；给我蝴蝶载誉的白昼，又给我虫声雕刻的夜色。

缥缈的足音兴奋，而心事却迷离愣神。茂密的吻，忘情的缱绻都在奔赴的路上预谋……

不是我爱得沉迷，是这月光与梨花的幽香情投意合。

浩大的星空失陷于隐匿的翅膀。人心吊诡，比流萤还闪忽不定！

世界是空的，空得让我渺茫。

而今夜充盈，兴致勃勃，但内心的秘密却欲言又止。

梨花说：你需磊落，不可虚妄和撒谎！

人间懿德有倾顾梨花的习惯

这样的夜不俗。

灰调的风声没有降低梨花的高洁，璀璨的星辰是它袅娜又颤动的芳蕊。喜悦的脚步，凝思的徘徊。花香在呼吸里回旋……

恣意游荡。随心所欲的款式多么适合我灵魂的身材。

倾听热衷于春宵的寂静。绚烂与浓烈不是我的所需，素馨而温婉却是我的欢怡。幽幽的芳影频频回眸。

你的花期太短，只有一周啊，太匆匆，稍一疏忽，就会与那美好的时光擦肩而过。玉枝朗润，是对懿德的敬颂。渴望被它浸入和照亮，决不满足于在暗淡的心壁上刷一层大白。

银质的歌喉，明眸流转，嘹亮的花期皎然。

不可懈怠呀！我将压缩梦乡，拓展慧觉之光，开辟幽夜的意境。

振奋的足音是爱意的流连忘返。

需要这样的爱，珍惜又敬重。

优异的品德有倾顾梨花的习惯！

亲情的梨花在电话里大声地盛开

二姐来电话——梨花大声地盛开。

桃花开，杏花开，二姐都沉默，只有梨花开，她迫不及待向我报告芳香的消息。可惜，我居闹市，每次回去都要乘六个小时的高铁，再换乘大客，跑八十里山路，偏僻的深山，陡峭的寂静，常常让我发怵。

梨花五瓣是聚拢的星辰，而我们兄弟姐妹五人却散落四方。弟弟在深圳，哥哥在渤海边，大姐在冰城，而我久居皇城根儿，只有二姐在老家守着田园的春秋。那些梨树保持虬龙之姿，铜枝铁干依旧有花开之日，明眸皓齿，摇芬吐芳。而二姐却老了，只有六十六岁，满口牙只余三颗，且摇摇欲坠，说话兜不住风，头发也彻底地白了，站在田头，如风中飘絮……

哦，古老的梨树，是神，请重新赐予二姐花瓣的皓齿吧；赐予二姐黑色的头发和坚韧的力量吧！
遥远地祈祷——愿神灵保佑她安康！

漫卷的梨花与月光结亲

春夜寂寂，万物入定，五龙宫漫卷的梨花与月光结亲。

高擎的银烛袅袅。芳蕊调弦，入神的倾听，婆娑的斑影化物为梦。

梨花、月光、缱绻的心。繁密的枝头，暗含颤藻的微芒。

席卷之势，抛却我孤独的穷乡僻壤。

幸哉！苦觅已久，于此所获。

凝脂的寂静合入细缕的微风。

为你的盛开而来，缕缕的暗香卷入。心灵畅饮，醍醐灌顶。

愿在你的花期里驻足仰望，殷勤地陪伴；愿成为你圣洁的仙子的侍卫，忠勇相伴。

崇高的爱，乃是灵魂虔诚的皈依！

花瓣的犁铧翻耕浩瀚的银河

花瓣熠熠的银铧翻耕星河，播洒浩瀚的幽思。

仰望，欢怡的幻影络绎不绝，到我心灵中做客。我想请梨花的女子来弹人间最美的曲子——高山流水遇知音。

我用梨花做玲珑的杯子，又准备了醇厚的梨花酒。佳配呀，应好好享用。祝东风从容，祝大地的灯火欢歌，祝满天的繁星都是真知灼见。

就着清风，痛饮吧，醉一场吧！

我厌倦了理性的束缚，"理性是激情的奴隶"。

抛却俗世的身子，在明洁的梨花中脱颖而出。蹈歌，恣意而放纵。

这幽夜当珍惜，不该寂寞。寂寞如朽。

意绪蓬勃，醉吟《将进酒》和《大风歌》。

今夜不凡，今夜卓绝！

星汉灿烂，盛世芳华，圣贤都奔来。

永和九年曲水流觞的那一幕又重现——千古传，是
美谈！

梨花的荣耀是纯洁

星夜。风劲。梨花撞击天空,倾泻浩大的芳香。

霍霍的山林,巨大的寂静瞬间被森然的呼啸收复。

而我无畏,豪迈的胆气源于对梨花的追逐,沉醉与痴迷。

这是梨花的荣耀——崇高而纯洁的信仰在幽夜里闪光。

我热衷于这秘密的驱驰与朝圣,喜弄生命的异响,灵魂的高格调。

繁华的灯火不合我心。脚步最爱偏僻的路径、陌生的幽寂与清芬!

多么狂热又浪漫的行为。但世间风情的女子总是与我无缘。

我期待过美丽的邂逅——寂寞的途牛碰上了明眸善睐的仙女。

臆造的情景是海市蜃楼,虚无缥缈。渴望的牵挽,柔媚的依偎皆是浮梦。

只有与梨花相思不朽，频频趋近而不厌。

疏影横斜的肩，暗香浮动的心……迷人的春夜不忍错过！

而你遥远。相知已久，却相依阙如……

迎风的枝头溅起芳菲的月光

暗香如绝美的哑剧。鼻息翩翩，肺腑喝彩。

我感受得到，亦听得见，只是沉默——沉默是优异的空间，供遐思悠悠飞翔。

水墨的笔意，疏影的落款。夜在花枝上脉动……

含蓄的孕育，嫣然绽放。迎风的高枝溅起一片月光。

蝴蝶不是月夜的标牌，是白昼的纽襻。如果能在月光下遇见它的飞舞，算是一件奇闻。它们不会突破梦乡，我亦不能打扰它们的生活习惯，弄乱了它们的作息时间。我之所以想到蝴蝶，是因为梨花和月光相逢溅出幽昧的火花，精灵们都该出来助兴——锦上添花。

月光和梨花指路，夜游的蝴蝶不会迷失方向。

像我，充满野性，四处云游，到头来总能找到灯火，逮住回家的小路！

和畅的风有缘相会。隐隐的心事遇见了贵人——花香和月光给深闺里的女儿提亲！

幽夜，我不敢拥抱梨花的心跳

你说你焚香有日，浴身而来；你说你读了天下所有梨花的诗，要在月白风清的夜晚翻出新意；你说陪陪梨花和月光，也是生命浪漫的历程。

梨花修饰的清高有玉树临风之姿。

我不敢拥抱梨花的心跳。只想做飞驰如流的骏马，穿行于寂寞的月光和梨花。洗滤内心，涤濯灵魂。

一地疏影称出月光的分量。

清风醍醐灌顶，我在梨花下成圣。

磅礴的白胜于绚烂的辉煌

鸟语的银器盛着阳光的雪膏。

寂静被照亮，磅礴的白胜于绚烂的辉煌。

大地终于说出了自己的崇尚。

标榜崇高的人啊，你该拿出令人信服的修为。乘着白马去取经的唐僧也该羞愧——看见美人竟然也颠倒神魂。行者悟空，火眼金睛，最能看清。

以梨花映照内心，但我的灵魂还是不够虔诚和纯净。我本不想做庸俗的人间客，可是多么艰难啊，操守总是低就，欲求情不自禁，表现出软骨症。梨花的牛奶是高钙的，我需常饮。世间万物我最爱洁白，但质本洁白的我，却不能洁白地去。惭愧啊，揽梨花之镜——不堪睹呀，哪有淡泊、纯洁的神韵！

脱俗才能升华。我向皎洁的梨花致敬！

我在梨花里脱胎

肃静。淡泊。皎皎而清幽。

远离喧嚣与红尘，与阳光和月色辉映。

春天的大地，僻静的乡野，呈现你迷人的仪姿，婆娑的风影。

永远孤傲、狂放、超拔，从不热衷于妖娆与绚烂。

世间的女子，有谁与你同类；天下的男人，谁可与你媲美？！

我问自己——从少年那边走来的身子，尚余几许清白？！

不敢面对自己——已不是山涧的泉水。清纯之气早已走散。

越来越浑浊和孱弱，既没了清如许，又没了洪流的气魄。

梨花围拢过来，阻止我的倾斜与迷惘。它抚慰我，摩挲我，砥砺我，要将我更新。我在梨花里脱胎，与昨日之我告别——看穿了人心和世俗的恶，对贪心与欲火充满了警觉。

我将迈上朝圣的路，向着崇高的事物奔赴，
即使艰辛也深感荣耀——心灵花开，幽幽暗香来。

蓦然转身，芳华绝代。

宽广的爱和胸襟谁不倚重

题记：盘锦苇田位于辽河、大凌河入海口的三角洲地带，总面积一百二十多万亩，是世界第一大芦苇荡。

一百二十万亩摇曳的风声兑入浓郁的月光；
一百二十万亩渐丰的羽翼汇拢悠扬的天籁；
一百二十万亩刀切的风加上星辰的醍醐灌顶……

春天，芦苇愉快地拔节，生长的热情高涨，
紫色的冠缨，扬眉的长叶，恰如惨绿的少年。
一望无际，丰茂而密实，若磅礴的力量和壁垒。
风雨雷电也挤不进去，只能在颤巍巍的花穗上走。

鹤在此，鹭在此，天鹅、大雁在此……众鸟来归，
一见如故的翅膀蹁跹着媲美，悠扬的歌喉汇成迷人的天籁。

它们是大地的知音。

汹涌的芦荡，链接了渤海湾的涛声和邈邈的星汉。

鸟儿们在此生儿育女，繁衍后代——幽葱与蓬勃最宜于哺养自由之翼和翱翔的梦！

它给予我们深邃的呼吸和沁人心脾的荣耀。

有宽广的力量又有博大的胸怀，谁不倚重？！

悠悠芦荡亦沧桑

从前，这里是关东有名的南大荒，茫茫的芦苇荡可以隐身。土匪们常在这一带活动，骚扰平民，作恶多端。

也有到这里躲避灾祸的，有的因饥饿和疾病死在了这里——绝处没有逢生。

张作霖出生于这片土地的小洼屯，从小吃着芦笋、芦根和鱼蟹长大，骨子里透着野蛮，狡狯，桀骜不驯。他参加过甲午海战，后又投身绿林，落草为寇，而后被清政府招安，成为东北王。一代枭雄。

义和团大师兄丁洛魁率数百人在此一带活动，芦苇荡里有他们的身影，他们在此休整，藏锋蓄力，重整旗鼓。

抗日烽火连天，这里藏过大刀、梭镖、火枪、复仇的烈焰和坚定的信念。浩浩的芦苇风云际会，志士仁人心昭日月。

新中国诞生后，石油工人开进了这片土地，他们披星戴月要创造奇迹，累了，就卧在芦苇上仰望蓝天白云，看鹤翔鸥舞，听百鸟鸣唱。他们从星空中嗅到了芦苇弥漫的清香，从飘飘的芦花上听到了月光窸窣的声响。有沉醉，有想念，有憧憬……他们从地球的心窝子里掏出了滚滚的石油！

当然，在漫长的岁月里，这块土地也一定发生过狂野的爱情，天地隐秘的媾合。《红高粱》里"我奶奶"的故事不会在这幽僻之地阙尔。

茂密是隐忍，是生机勃勃，是深藏不露，是优游回旋。可养精蓄锐，暗度陈仓，或东山再起……悠悠芦荡演绎着惊心动魄的故事和人间的爱恨情仇。

茂密，让我想到雄狮纷披的鬃毛，孔雀的开屏，张飞逢逢的胡髭，关羽潇洒的美髯，也想到女人的秀发如云，衣袂飘飘。

沃饶的大地，蕴含着强大的生命力。暗涌的热血，生命的奇迹，混合着阴柔与阳刚的气息！

向光的心抵御了黑暗的侵蚀

我的身子虽还有数克的含铁量，却捻不了几个铁钉。

但就灵魂而言，这个冬天我被闪耀的芦花点燃，有澎湃的力量！

世间还有多少让我动心的事，动心的人，动心的时刻！

我经历的风雨太多，坎坎坷坷，因摩擦而生厚茧的心灵形成了抵御的阵线——刀枪不入，百毒不侵，烟火难攻。

抬头，我虽不能目极八荒，洞微万物，但对一切狡猾而阴险的心灵看得还算清楚。许多时候我心知肚明，并不去戳破。让他们去表演吧，上苍在上，对万事都有决断。

我学会了宽广，在纷扰的世界里了无挂碍。

我早已通过风雪中芦花的手释放了内心的积郁，化解了胸中的块垒。

我保留了芦花般蓬勃的热血，飘飘的意绪。

吸纳夕照和月光，在孤独和寂寞里接受星空的微光，成为思想明亮的赢家！

我已定下了生命的基调——即使脱水风干，也绝不倒下，如蒹葭在凛冽的大地上风情万种！

灵魂柔韧如弦，可借给风雪弹唱。世界坚硬而锐利，而我可以温柔以待！

我不想映照大地，也没映照过任何人，但磊落的人格，向光的心抵御了黑暗的侵蚀！

我说的"光"不是荧光粉和白乳胶，

是希望和梦想，是坚定的信仰！

生生不息，多好

当然我爱去那里——呼吸不一样，心情非凡。

放眼望，我大于我——天高地阔，众鸟来归。

河海交融和沉积性平原生物的多样性丰富了我们的生命和生活。

无沉滞、贫瘠、闭塞与偏僻。一望无际，坦坦如砥。

河海之民胸襟开阔，思想通达，继承了大河、大海的基因。

三才者，天、地、人。

于此，我们被高度统一，不再是孤立的存在。

我们本身就是自然的遗产，我们还在进化的途中。

敬畏自然——自然是神。神明自得。共生共荣。

此地被誉为地球之肾！

"肾主水，生髓，其华在发，开窍于耳及二阴。"

肾好，我们就好，地球就好，人类就好！

生生不息，多好！

芦花应握在大地的手上

想折一根芦苇——若持着节杖，举着旗帜，握着火把，挥着霜刃的长戟……它予我新的境界，轩毅，昂扬，精神抖擞，在蔚蓝的天空下，彼此辉映，相得益彰。

忽又转念——芦苇应该握在大地的手中，不应把持在我的手上。

握在大地的手中是芦苇的光荣，把持在我的手上是芦花的不幸。

握在大地的手中，它虽死犹生，把持在我的手上，它虽生犹死。

大地是它的所在，就像波涛中闪耀的浪花。

大海才是它的依托——在光荣的集体里才有根基和力量！

每一种生命都有立场！

坚贞，对大地不离不弃，才能创造奇迹！

其实我理解芦花，我们属于同人。

"人是一棵会思想的芦苇。"

……如果顺着时光回溯，还能找到一个人的存在，那一定是他的思想，还在尘世的大幕上熠熠闪光。

对一穗芦花的探求

天上的每颗星星在地球上都有对应的植物。

这想象很美丽。宇宙是一个体系，任何一种物质都在宏大的"场"中，绝不孤立。

我望着星空发呆，不断地寻觅——哪一颗星对应的是芦苇？

我对芦苇分外地敬佩，它是寒冷的大地上鼓舞人心的力量。

站在芦苇的身边，寒风恣意。而一片苇海却成了沸腾的波澜。

拉低一穗迎风的芦花诚意地探问：芦花，你对应的是哪一颗星？！芦花不语，只顾飘逸。

拨动花穗，细致地察看，哦，那蓬蓬的花穗竟然是一个小宇宙，繁密的籽实星罗棋布。

每一个籽粒都尖锐，如佩剑的勇士，卧薪尝胆，韬光养晦。

现在，它们在等待时机，由轻盈而细软的绒毛予以庇护。

一穗芦花是个宇宙，严密而柔软。

浩瀚呀——没有边际，且还在开辟，四处撒种，恣意漫延——

我引以为荣——在宇宙的宇宙上徜徉。

幻想不断——同振同频！

第四辑

阳光的意图万物都领会

天地又生初心

题记：夏尽秋分日，春生冬至时。

冬至。郊外。鹊声喳喳，伸手不寒。草木的芳香迎宾鼻息。

干净的枝柯只说出春的脉络，将更多的故事情节交给风雨演绎。

我信赖的天空总能给我带来美意。

昨天，它说的是雨，今天它讲的是晴。

柔柳从《诗经》里借来了窈窕。我内心的暖昧千年不朽。

今日，白昼瘦削，夜晚肩宽。

漂泊终有归宿，远游的眉间又见故乡的炊烟。

我也准备上路了，带着明媚的心情回家。南山郁郁的松柏是母亲永久的眺望。

今日不可虚度——天气日新，月色亦满，阴极之至，阳气始生。

世界在无限的爱中开始了新的日程。

我用双手孕育灿烂的星空

金丝柳把风往黄昏里推送，悠悠的蝶跟从。随后隐匿。

一群白鸟擎托耀眼的光芒，嘎嘎的啼叫伸长了天空的脖颈。

我在等待里翘望，倾听的耳朵如蝙蝠飞绕。

花蕾蓄势待发，烟雨朦胧如玄关缓冲的手法。

一株高大的树破雾而来，大声招呼——万紫千红跟了上来。

你何时来？是否如约？！

时针和分针的嫩芽瞄着天使扑落的翼讯。

你的足音应是我孤独的收口。我看见了花枝上双双飞的蝴蝶！

天光转暗。细语的草说出葳蕤。

落霞满天，泛出五月莺啼的暖响。

今夜，我想用一双手孕育灿烂的星空；

想用月光的白银为你订制玲珑的环佩；

想把风织成丝绸，流水的面料最合你风情万种。

你是风中的一丛芍药，向我倾泻洁雅的芬芳……

大地上的庄稼

三月，万物道出玄机

花影的落体砸痛虚妄的词，溅出世界真知的蕊芒。

人间三月，道出万物的玄机，所有的存在都卓尔不凡。

桃花抑制不住地开了，与暗香的心事碰头——心有灵犀。

草木新新，重返生机的日子。鹊声与阳光合作，寂静亦赏心悦目。

蝴蝶磨砺翅膀，信誓旦旦要履行昨日的诺言。柔韧的触须探求花儿的心。

鹰抬高了天空，压低了深渊……

春天，所有的思想和事物都紧密相连。

没有不相关的事——井水也犯河水；风马牛也相及。

袅娜的蕊擂响明月的牛皮鼓。所有的梦都热血贯通。

我的爱不分昼夜，不分山川水土。

风好，不求月圆，半轮亦是佳妙。

花开满眼，芳香如涌泉。

诗书在手，灵魂自带泽辉！

春天的盛典

东风浩荡，大地别开生面。

这个春天值得铭记，心灵的解放来之不易！

有凤凰涅槃的意味——别样的花红，别样的风声，别样的眸光透出熠熠的坚贞！

让我们在大河的入海口举行春天的盛典吧！长堤之上摆满蓄势待发的钢琴。我心仪的韦伯、卡瓦依、金斯伯格、亚马哈和森多夫……都来这里一展身手。

编队的翅膀纷然而至，投入世纪的交响。宏大的背景是浩瀚的海潮，是长河落日圆，是天幕里魔幻主义鸟浪的沙画。变化无穷。

洋溢的躯体是一条大河波浪宽……

我要听贝多芬的《命运的交响曲》，降E大调《英雄》的乐章；要听帕瓦罗蒂《我的太阳》；要听迈克尔·杰克逊《地球之歌》《天下一家》。

呼唤世界和平的歌声响遏行云。

炽烈的爱将我融汇——"我们必须治愈我们受伤的世界";"上帝之造物的无限将我们拥抱,我们是一体";"而那个我们曾经相信的世界会在神恩中重新闪耀"……

舞动的鸟浪请配合大海的潮涌!

繁歌的羽翼一试身手,一展歌喉。海天万里被鸟儿统筹。

让我的胸腔与喉咙也汇入这奏鸣,脉的星光也忍不住口吐莲花。

把黄昏的浓意唱成梦醒的破晓;把缱绻的夕阳唱成杲杲的情怀,济世的宏纲!

音乐是诗的终端。

熊熊的篝火与我们的热血合拍!

天书

是生命的赞歌，也是春归的大典。

万鸟于此翔集，舞动长河和大海。

翅膀连翩，如青春的手拉手，绕着晚霞的篝火旋转。

集体主义的欢歌，梦幻的撒网。伟大的太阳神微笑着注视我们。

这是人辽河与渤海湾的荣耀。

优美的旋律伴随缥缈的飞天来访。环佩叮当。

世界清新，丁香的芳容又为我们的呼吸锦上添花。

我们的仰望是春天的眉飞色舞，是阵阵涛声的欣喜若狂。

爱这远道而来的精灵，同心同德将世界开辟。

锐利的翅膀迢迢万里，披荆斩棘。雍容的天宇，浩瀚的迎迓。

希望就在眼前，你无须怀疑。

我们的脚下、身侧、通达的周边是自由的所在。

宇宙旋转，天使环绕其间，伟大的《自然书》，深邃的《天演论》，以翅膀的洪流阐释了人与自然共生共荣的逻辑性！

星辰的脚步流连忘返

时光的指针挑亮五月的明媚，
燃放的榆叶梅和原子核般的丁香在西海岸边喧腾。

此时，辽河上空鸟儿翔集，浓郁的啼鸣勾兑馨香的晚风。

大海的涛声与夕阳频频碰杯。畅叙幽情。

鸟儿翩翩的翅膀像种子萌发，那是索德格朗"紫色的黄昏，贞洁的眼睛，天空的眉毛，玫瑰色的幼虫；是沉重的激浪……"

磅礴而气派——繁密的弦歌，激情的鼓点，呼吸的珍珠，活泼的星辰，水母的玲珑与飘逸……幻化的象征与隐喻。

哦，这春天的奇思妙想令人着迷。
振翼的双手溅出热烈的浪花。无限惊喜。

宕荡的旋律经久不息。宏图大业徐徐展开。

梦想之光拥抱了我们的奇迹的生活！

星辰的脚步流连忘返……

我们都是春风的受益者

大风吹——微微的暖流向北方倾泻。

巨大的唤醒——所有的枝条都喊疼。

啸吼的天空如发情的野兽。狂躁的沙尘来路不明。

河上的冰嘎叭嘎叭地响。被压制的梦闹腾着寻找出口。

小鸟的翅膀失控,惊悚地啼叫。猫和狗变得乱蓬蓬,身上的毛纷纷脱落。

一群羊被大风吹散,老羊倌手中拿着的鞭子使劲地吆喝。

大公鸡尾翎摇曳,赤冠倒向一边,守着一群母鸡打转。一丛枯萎的野草纷纷折腰。

大风吹——它要做什么我心知肚明。

迎着它走,面孔被它啄痛,身子被它腾空。

但额头亮了,肩膀宽了,觉悟的心发出悠悠的响声。

大风吹——我们都是它的受益者!

信念是一种自生的光芒

黄昏从雨林那边赶来，暖风的紫荆献出呼吸的福音。

沉重的心突然打开了一扇窗，惬意的脚步柳暗花明。

虫鸣为月辉配音。寂静是大地的从容与淡定。

从前的事已放手了——不值得付出怅惘的怜惜。

我只追求萌新的，充满美意和魅惑的事物，不愿意为暗淡和腐朽的东西伤脑筋。

信念是一种自生的光芒。星光击之，石头也有心跳。

维护真理，上帝由衷地感激；仰望上苍，与众神共呼吸。

阴云散了，春天来了。我爱它的白昼，也爱它的夜晚。

梦想摩拳擦掌，跃跃欲试。生命因热爱而精彩。

果实的意图因花儿的绽放而有了确切的指望。

白天，我看见蝴蝶们在花的营地集训，骁勇的翅膀不肯甘拜下风。它们都属于天使的序列。

我向往春天不仅仅是鸟语花香，而是那久违的闪电和雷鸣让万物的面貌焕然一新！

浩荡的春风对我的行动都赞同

孤独是内燃还是灰烬？是生长的山脉还是下切的深涧？

日月空转的耗时我已浑然不觉。这样下去，即使坚韧的灵魂也会磨损。

春天是生命的自觉，需要用热血行动。每个日子都是爱，这样，你才欣欣向荣！

鹊子双飞，在新筑的巢上举案齐眉。

花蕾在夜里摩拳擦掌，借着春风要大干一场。沉默寡言的种子眼睛发亮，纷纷举手向春天致敬。

我从偏执的牛角尖中转身，回到春天的喇叭口上。

魅力是阳光的大地和海岸，而眉眼儿是花开的喜感，涛声的嘹亮。

野百合的浪花涌向纯洁的黎明。

连翘花摇曳的脚步紧紧跟随；小桃红分发大地新鲜的笑容……

春天再次奏起天使的琴曲，塞壬的歌声响遏行云。

所有的遇见都是喜出望外的重逢。

我明亮的额头和大地保持一致性。

浩荡的春风对我的行动一致赞同！

白杨林中的鹊

鹊，两翼如轮。我的故乡到处都有它的影子，沟沟岔岔，它都轻车熟路。

一些鸟儿的叫声我可以模仿，而鹊子的叫声我却怎么也学不来。在我感觉如啧啧称赞，还像噼里啪啦的算盘珠子。

它们在林中飞梭，是纺织厂手巧的女工。

冬天它们织出飘飞的大雪，织出斑马线的树影，也织出乡村的喜庆。

三月来了，心情更明媚了，它们继续在林中穿针引线，很快，它们就会织出绿叶，用双翼的针法织出绿荫，织出寂静的雅品。

我的寂寞、喜悦、幻想也被它们织入了泛绿的白杨林。

一个人并不是一个孤独的存在，也包括它的周遭——视线之内，视线之外；想象之内，想象之外……确切地说，现在我就是鹊，是鹊管理的这片白杨林，是白杨林所指示的春天；是春天里一个充满爱的灵魂。

现在，白杨林正招聘春风春雨，而鹊是它的执行者，是主考官。

于是，我对鹊有些敬畏了！

阳光的意图万物都领会

撒下的种子已绽芽破土。大地张弓，箭在弦上。

花蕾深邃的凝眸洞察一切，它们有着春天最棒的理论，但不急于表达，而一旦开口，芬芳决堤，滔滔不绝。

蝴蝶和蜜蜂都识花君，它们总去那里拜访和讨教，洗耳恭听。当然，花儿的思想让它们获益匪浅！

星空是有秩序的，对照的万物也有条不紊。

别看春风有时迷狂——沙尘满天，碎梦飞扬，甚至时常打痛我们的脸，但它带给我们的却是一片生机勃勃的景象。

每一个生命都懂得随机应变，不仅勇敢且身手敏捷。

阳光的意图万物都领会，春天的思想也总能及时到达所有的枝条和根茎。

只要行动，美梦就会实现

风暖如酥，所有的生命都倾心繁荣，
自觉的心，总是拔得了春天的头筹。

我不呼号，嚣张的喉咙让春天瞧不起。
沉默的蕴含，凌云展翼，获风气之先。

闭上眼睛，依然是春风浩荡，热血飞扬。
倾听三月，星辰飞落水润的枝头，绽放迷离的光芒。
蝴蝶和蜜蜂睁大了眼睛，在明艳的世界里不甘落后，它们击鼓传花，创造美妙的佳话。
风，推陈出新，让简单的事物变得丰饶而繁复。
融入是拥抱，是参与更宏大的向往与实践。
闪电、雷鸣，潇潇的雨都来助力，胀痛的蕾迎来了自己的开怀大笑！
只要行动，就有繁花和硕果！当然，拥有理想和信念的我更不能例外！

像风一样触摸万物

那鹰盘旋了一会儿，然后消失于巨大的蓝，成为隐者。

风，又回到我的身上。其实它压根就没离开我，它是我的同谋，协助了我的仰望和幻想。

它鼓舞了我！它对我的拂是一种召唤，是翻新、拓展、再创……

现在我开始寻找这风的方向，她究竟来自哪，是山谷还是水泊；是草原还是森林；是运动的天体还是旋转的星辰……

我转动躯体，瞪大眼睛。搜索——

现在我是纵横状的，在风中交织……深邃的历史，深远的未来流芳密布。我感到无数伟大的灵魂附体，梦想着身。

风绵绵不绝，鼓涌如潮浪。

它是神秘的，融汇了人类所有的思想，甚至让我感受到了孔子、老子以及伊壁鸠鲁、苏格拉底等无数先贤、圣哲的智慧。一切的文明都在风中了，我用整个躯体去求知。

我张开双臂呐呼、叫喊，与风同调，与风融为一体。满身呼啸，满身巍峨和浓郁的草木香。

我要配合风的行动，体现风的意识，像风一样抚触万物。比哲学还哲学，比宗教还宗教，那是天籁与地籁的融合；是幽邃的隐喻；是创造世界的能手。

整个上午，在辽南最高峰，我显于风，又隐于风。

我在风中领取了巨大的春天

红虫为大地测量体温，报告明媚的消息。

枝头爆芽，种子萌动，鸟儿梳羽……纷至沓来的脚步是梦想的出发！

迎着风走，想起乡下的桃花在三里奋勇，心生欢喜和感动。

我想去那里转转，看看老宅的面貌。春风说我太窄，需要加宽。

风是友善的，也是真诚的，我接受它的建议和提醒，让脚步和思想进入宏大的体系。血脉响应，跃跃欲试。枝条上紧致的蕾暗许明媚。

所有的星辰都示爱，倾洒芬芳。

浩瀚的星空对应大地的英雄，智慧而坚毅的人民。

融汇贯通，何其饱满！有限的生命在无限的世界里展开。

大地上的庄稼

心，灼灼其华，热血丰沛，就能在风中领取巨大的春天！

每一片叶子都是时光的履职

从叶子清晰的脉络看出春秋的经络。虽薄、虽微，风雨雷电却沉淀其中。

我对秋叶的喜爱不亚于鲜艳的春花，它的斑痕、虫眼，红艳与暗淡，阳光的灼伤都透着沧桑的气质，深邃的静默。

在城市，在郊外，在乡村，在旷野，在渐起的秋风中，我总爱凝视秋叶，生发出许多感慨……有时，它随着风飞，优雅而飘逸。偶尔，它还故意碰碰我的额头，拍拍我的肩，如父、如兄——至爱的亲人。

我常常从地上拾起一片秋叶，嗅嗅，亲亲，细细地瞧，甚至听听。

有时，我将它捏在指尖——捻花的微笑，摇转着如玲珑的经筒。虔诚的心，充满敬重。

秋叶，没有了青春的华滋华润，但它如铁，如铜，如金，在风中发出干净而又纯粹的声响，让我想起檐上寂寞却嘹亮的风铃。

我爱上了那样的倾听。

去年秋天，我去明湖广场捡了满满一桶白杨树的落叶，提回家中，置入卧室，享受它淡淡的清芬。在夜里，它的香味愈发美妙，我的梦肯定也有它的气味。现在是初秋，我兴趣盎然，买了一座漂亮的陶尊，以盛缤纷的落叶。

每一片秋叶都配得上淡泊的灵魂！

第五辑

我与大地的梦想击掌

夏至

阳光愈加浓烈了，雨水也勤快了。

每一根枝条都倾吐着热爱。随意的表达，无拘无束迈入繁荣的季节。

野草挤对小路，理由是收复失地。蝴蝶比从前飞得高，为爱挽起了睫毛。

幽影砸向石头，溅起了火花。颤巍巍的藤勾连星辰，去圆自己的梦。

万物爱自由，爱随心所欲。而夏季的良机稍纵即逝，都大展身手，奋发图强。

一群蚂蚁推着硕大的夕阳奔跑在路上；一只甲虫的须芒拉下黄昏的巨幕；蜘蛛在昏暗中细致地结网，锋利的星辰亦无法将它击穿；蝙蝠蹿出屋檐，它要拿到丰盛的晚餐……

萤虫飞舞。黑暗一点点压入。孤独的磷，等着暧昧的火。

萤火虫闪耀的指尖划出袅娜的虫声。万籁有声——

大地怀着一颗大爱的心！

宁谧的孤独寻找她的芳踪

光影斑驳，优雅的蝴蝶一闪而过。

脚步的慢是七月的北方沉迷的一种。

小路窃喜于夏日的幽葱，树的枝条编织绿翳的天空。

无雨的云是优游的少年，怀着理想，却不知人间的

愁滋味。

松鼠在林间觅食，发现我，迅速地将自己拔高。

白杨树跟踪而去，如波涛捧起闪耀的浪花一朵。

布谷鸟梳羽打扮，它的歌声内含山谷的幽深。

喜鹊的翅膀黑白相间，如岁月的轮子滚滚向前。

我继续徜徉，仿佛抒情的指尖在弦上漫步和回旋。

夕照射入林间，它追逐着谁的芳踪……

与大地的梦想击掌

风循循善诱。继续完善着每一个果实。

完善着菊芋和芦苇优雅的风仪，以及辽水两岸不断涌现的新事物。

风，一定还有它要完善的事情，它不停地吹，如奔腾的马蹄溅起卓绝的芳香。山菊、龙葵、薄荷……所有的花草都紧紧跟随。

我喜欢这风，它有爱，又有责任心，喜欢它的爽馨、绵长与透彻。它深邃的眸，高挑的眉，让人一下子就知晓它是爱的使徒！

风在吹，漫入村庄。蝴蝶如稚子拍着巴掌，燕子像我的外甥女伶俐而聪慧。草间的虫鸣为寂静掌灯。

蒲公英乘风而起，轻盈、缥缈，萦萦绕绕。

它扑向我，我立马举起了手——与大地的梦想击掌！

多么崇高，灵魂摇曳而婆娑

我们曾厌弃了土地上繁重的劳动，以脱离了躬耕的日子为荣。

而花树不改初衷，以大地为母，不离不弃，根深叶茂，倾泻绿荫。深情的喉咙和胸腔吟唱四季的美好！

坚贞不是一个虚妄的词，是根在大地的深处潜行，收集水分和营养。

你说你也在为人类贡献智慧和心血——孜孜不倦。可是，你为大地做了什么，为我们地球之母做了什么？！

我们从身上分解出细胞；分解出孩子——代代相传。

我们还应该分解出感恩和博爱的懿德，满乾坤的清气！

哦，请伸出手，弯下腰——布绿！

枝繁叶茂的树庇护着我们的生命和生活，投下清凉的浓荫，还为我们招来了蝴蝶、鸟群、星辰，和居高声自远的蝉声……

疯长的草木淹没了死亡的墓碑

生殖的水，爱欲的河在夏日里高涨。

似火的骄阳吹响了万物奋发向上的号角。

植物的根茎如赤子拥抱爱的土地，孜孜不倦的汲取。枝叶在风中手舞足蹈。

山川绿野被闪电鞭催，繁荣的心声与惊雷共鸣，是生机与葱郁的知音。

一切都彰显着生生不息，看不见衰败、腐朽和悲伤。生命的元素混合了丰饶的物语，芳香与虫吟、鸟鸣是我呼吸和倾听之佳肴。

白杨树上硕大的鹊巢哺育着新的天空和世纪的情怀。

窈窕的女人在汗水和风雨中，丘陵的山地，掩饰不住凸凹。

她把手伸向了我红杏的枝头，她高挺的胸脯加入了夏日的洪峰。

我痴迷于她葳蕤的微笑，月光的牙齿。她对我的一颦一笑我当涌泉相报。

"人世间最伟大的信仰就是爱情。"我爱她，到永远，满天的星辰是我忠诚的履约金。

又是雨声；又是雷鸣和闪电。

大地又来了一把劲儿——疯长的草木淹没了死亡的墓碑！

我的身子总有激情的流量

雨点落在天窗的玻璃上，溅成的小脚丫如细致的花瓣。有的不溅，保持完整，但不规则，如散落的河湾和点点的湖泊。

雨点一滴一滴，像播种，不慌不忙。十几分钟过去了，小小的窗口，还没被雨滴装满。有几只天外飞客——小小的绿虫，它们降落在上面，安静地倾听和沉思。

天空的云在水珠上游动，铅灰色夹带浅白的膏脂。

世界又安静了下来，雨点像孩子们回到云的课堂。我头顶的天窗，留下了他们的印迹……

窗外的树耐心地等待，葱郁的静默。

它们相信蓬勃的大雨即将送到它们的手上。世上那些安静的人也都持有雍容的智慧，且总是伴有好运！

轰隆隆……云的卡车在天空里运送风雨。

我最喜欢它纵意的挥洒，滂沱的挥墨。烟云弥漫的写意。

雨季，我的身子总有激情的流量！

瞬间获取了满枝甜美

我们一起谈论远方，谈论所见到的最美丽的云，最漂亮的花朵，人间最清澈的泉水……

长调的蝉鸣切入，殷切如提醒不可疏忽眼前的事物。

篱笆上爬满了牵牛花，竖起耳朵倾听。
我们不约而同要与袅娜的牵牛花合影。
柔软的藤，嫣然的笑，迷了七月的乡村。

倭瓜默默无闻，如装满风雨的筐篓。
攀爬的藤子冲上了柴垛，又眺望白云的山峰。
依它的功力，再使把劲儿，就能抓住太阳、明月和星辰！

田园上有白色的蝴蝶飞，也有黄色的，
爱花的姐妹与花儿是至亲。浓郁的芳香勾兑晚风。

又是一声蝉鸣，来自樱桃树那边。

我倾听那寂寞的红，舌下已生津。

夏日的复调

1

浓荫为阳光研墨，高大的树在天空中纵笔。

一切植物都惬意，透出优雅而迷人的气息。

芳香的空气为呼吸立传。

寂静疯长，倾听流光溢彩。

大地、山川满身葱茏。低吟浅唱的虫鸣能拧出绿汁。

美妙的雨对所有的事物做透彻的洗礼。小河、大河都心满意足。

露珠心算光学的函数。

2

石头印满了苍苔，月光在幽夜里拔节，水稻喜滋滋地分蘖，倭瓜在草垛上打坐……

玉米打起背包，行走如风，披星戴月，美髯飘飘。

大雨回到村庄和田野，又被远山接走。然后，又来，又回，频繁得像新媳妇走娘家。

青纱帐一跃而起，种子的激情得到释放。蓬勃的性格与风雨一拍即合。

我遐想的脚步和身份属于夏的系列。

3

天空将山脉拔高。浩浩银河如小河里的青蛙卵，黏稠而晶莹。

风的思想，雨的思想，草木的思想，鸟和虫的思想……各抒己见，又融会贯通。

争鸣是和谐——神也主张万物皆有发言权，畅所欲言。

可以交头接耳，窃窃私语，也可以滔滔不绝。

一切生命都忠于自己的内心。

我沉默的父亲用汗水谋生，他厚重的肩头、粗糙的大手和田野分外亲切。他诚实、勤奋。秋天的果实是他的实至名归。他不止一次和我说起事物的因果。

厚德载物的大地都予以验证。

4

真正的爱和奉献是沉默而坚韧的。

上帝从不大吵大嚷，而是默默无闻。

我所见过的果实都谦卑，低首下心。

没有一种植物心猿意马，在夏日里浪费自己的青春。

根子向下扎——不断汲取才有作为！

5

低头的野草潜心结籽。

向日葵的大脸庞敷着金粉，它沉重地转动脖颈，向太阳行注目礼。

白杨树竖起明眸的丰碑，喜悦的身子与大地保持优异的尺度。

伟岸啊，它冲天的抱负拔地而起。我的脊梁和信念从它的身上获益匪浅。

6

阳光和风雨是万物所求。给予，万物就欣欣向荣。

只要向往就会如愿以偿。一切都是信心所在。

低语的星辰对崇高暧昧，梦想总会被行动击中。

骑马的汉子都是摘星的英雄，银河在他们头顶奔腾！

大地上的庄稼

一切的荣耀都是证明，

一切的果实都是感恩。

我对世间的大道深信不疑。梦想因行动而熠熠生辉。

我向未来敞开赤诚的心扉。

7

闪电劈开昏暗的迷障。

雨季在夜幕里出示灿烂的笑容。

我听见生长的意图在暗夜里发出悦耳的声息。雷鸣振聋发聩，惊世骇俗。

我的无眠与向往有幻想的含量，也有现实的成本。

黄金在火焰中依然拥有笑傲的扬眉。光阴在夜的手上分泌甜美的汁液。

思想进入风雨的核心，

为丰饶的秋天披肝沥胆。

8

夏季雄辩，滔滔不绝。

生命的共同体汇入实践的洪流。生机盎然又热血欢畅。

风，旁征博引，又兼收并蓄。

火和水勾兑，相生相克。卓越的呈现。

夏季，辉煌的前景如朝霞的号角，令人深信不疑！

9

细草揉搓晚风，溢出馨香的黄昏。

低眉的远山，幽蓝的湖水衬托着依爱而居的生活。

枝头上一只小鸟磨砺着锐喙。一簇花闪着明眸皓齿的微笑。侧身的蝴蝶隐匿其中。

我想知道那花的名字，是水仙，还是百合？它的静怡与纯洁是天使的姊妹！

是什么在作祟——想入非非。

荡漾的微波让我的灵魂羞愧。

为什么黄昏和夜晚我有堕落的倾向，

而在晨风或猛烈的阳光下道德却上升。

理性比蝉鸣和蝈蝈的叫声还要尖锐！

我是不是应该躲着黄昏走？是不是融入白昼才有君子的模样？

紫色的嫉妒，紫色的忧郁，紫色的向往与渴求一次次在黄昏里发生。

花开迷离，薄雾的轻纱笼络，

寂寞抚肩，思念的盐粒晶莹。

10

门敞。堂静。清风出入自由。

粉墙、黛瓦、垂藤，叠翠的绿叶步步登高。

猫儿偷闲，将夏荫当蒲团睡得安恬而自在，

声声蝉鸣争论人间的是非，寂静的世界也咬耳。

对着门里喊发小的二柱，空气回荡，没有人语接单。

幽影满院，枝叶婆娑。

静待主人归来，亦观夏日幽幽梦影。

11

关闭了电视，关闭了灯，

把幽夜和寂静留给雨声。

纷扰的世界隐匿了。

闪电的翎羽摇曳、耀亮，赢得了雷鸣的赞誉。

我在躯体的曲径里徜徉，撑着蘑菇的雨伞，遇见了

玫瑰的心……

温馨而幽秘，仿佛梦幻的氤氲。

恍然我回到了母腹，隔着羊水，听到了世界的风雨声。

在雨夜里投胎。

又一次被孕育，拥有了新的诞生！

我总能抓住这美妙的机遇！

12

绿荫，一团团。

夏日鼓鼓的背囊里都是迷人的消息。

疯婆子的草饰缀虫鸣的铃铛；蜻蜓和蝴蝶都讨到了天使的翅膀。硕大的牡丹有虎威。

许多心事都藏在事物的深处。炎热绷紧了大地的呼吸。

弹一曲清凉的晚风吧，月光纤纤的素手调弦。忽闪的萤火虫唱的是流浪者之歌。

雨水推动河流的车轮，果实的奶子摇晃着甜美。

青蛙纵身一跳，弄弯了池塘里的铁塔。欢喜的漪涟让微风的绿岸退后了几步。

蝉，在流响的枝头张贴伏天的海报。

黑压压的云——雨的货车滚滚向前。雾气弥漫，朦胧的码头是我的归处。

小桥——窈窕之水，明眸闪闪。

野百合聚精会神，倾吐幽幽之心。

我有千言万语……但绝不说出想念的洪流！

13

蝉鸣加固筑牢浓荫的大坝。

阻止滚滚的热浪肆意决堤。

我总爱往蝉鸣中去，仿佛站在喷头下享受清凉的沐浴。

蝉鸣时急时缓，时高时低，若树上安装了控制的阀门。

蝉鸣不仅仅是我夏日的耳福，也是我心灵的清凉剂，精神的爽肤品。

14

结巢的白杨树是抱陶的少女，亭亭玉立又明眸闪闪，款款的脚步带来清风缕缕。

生命有枝可依；未来有枝可依。

结巢的白杨树，抱陶的少女。

天空和大地由此丰满了起来！

大地是装满天籁的吉他

我从秋风里汲取灵魂的养分胜于连绵的雨季滂沱的接踵。

望眼如歌的倾听润泽万山红遍的周身。大刀阔斧的收割机在田野上荡起喜悦的旋律，丰富了古老的《诗经》，让分装的《风》《雅》《颂》又添新词。

香熟的作物放下青涩的露水；炫彩的花枝松开蝴蝶的衣袖。

累累的果实向甜美的生活过渡。

大地懂得感恩，务实而不虚妄。

勤劳的人都获得了丰厚的报酬，他们惬意的笑容泛出阳光的福气。

滚滚的稻浪化成黄金的涌泉相报。

我在田野上走，灵魂比在车水马龙的大街上优异了许多。

诗歌长出乘风破浪的翅膀，喜遇天使飞翔的诞辰。

没有重复的天空；没有抄袭的大地。

风翻新唱，四季如歌。一草一木都怀抱获奖的喜讯。

村庄里的人都往田野上去，梦想的脚步五谷丰登。勤劳的汗水与丰硕的果实押韵。

没有时间游逛或扯闲白，更没人爱虚套和八卦。

精神的虚妄与自闭症与乐观主义的大地水土不服。

一切都是新的。阳光不存在老旧的味道。

即使枯萎与凋残也是为即将回来的春天做完美的铺垫。

我躲开衰老、疾病和死亡的话题，在诗中亦从不故作高深，练习玄幻的技术，因为它不合大地的口味和人民生活的习惯。

我热爱大地上的一草一木，对田野的气味更是情投意合。

虽然我不是个合格的庄稼人，但我立志做一个走到哪唱到哪的乡间艺人。

大地——装满天籁的吉他，在秋风中邀我饱满而灵异的指尖加入真情如金的喉咙。

颂歌无数，纷纷入列……

天空里阔步的太阳

一只夜鸟的啼唱是通向黎明的路径。

冰雪消融。春天梦醒的种子喜出望外。

季节的秩序让万物信赖和遵从。明媚的歌喉，敷金的花蕊，蝶翼的流苏都是光芒的手工。

根茎、细胞、大海深处的蚌珠和忽闪的水母对普惠制的阳光感激涕零。

肩宽的雄鹰有凌云志，耳聪的喜鹊总能带来福音。

花草拿到了葳蕤的呼吸，结蕾的高枝有深邃的眸光。

大地的新娘向我们走来，霓裳羽衣，绚烂而迷人。

紫薇花吸引了八百里迷蒙的烟雨；野玫瑰暗语蓝蝶鸢尾花……

一切美好的事物都加强沟通和联络，拥戴不朽的太阳，获取美好的命运！

那些击鼓的人，舞文弄墨的人，品茗的人，对弈的人，幻想的人……乘着诺亚方舟归来的先知先觉更懂得光的意义，他们是仙子，幸福的使徒。他们看重春天，深谙汲取之道，着迷于探究未知的世界，心灵的锐利与律动源于热血的太阳。他们甚至把对太阳的信仰谱上曲子到处传唱。

我爱上了生长之狂野，怒放之痛快淋漓。

纵意，无拘无束。自由之翼抖擞的扬眉！

没有什么能禁锢我们的思想和神圣使命的履行。

爱是太阳！在太阳的光辉中我愿把自己的生命耗尽。

悲观主义和冷漠无情都将被太阳融化。黑暗中的铁链，抽筋的阴云亦被我蔑视和抛弃！

太阳——鲜活的心，跳动……跳动……

鲜活的生命赖于诗意的手巧

我梦见风舞动着葱茏的青纱帐；

梦见我披着滂沱的大雨登上山冈。

梦是我，我是梦。我在夏末秋初为大地的丰收交付了定金。

我开幽幽之花，结幽幽之果，向丰收靠近。

我热爱的生活总是不会错过充满神谕的时令。

我是我梦的水手，在云间升帆；

我是我梦的农夫，一手老茧直通硕果累累的收成。

花开自许。风来雨去大有作为。

手上的良田，滚滚的稻浪喜不自禁。

玉米捋着胡须，迈着雍容的脚步，唱出古老的歌！

而我学会了蟋蟀的吟唱，蝴蝶的微笑，蜻蜓点水之术。

——我想在池塘上写下芳香的月光和清风的涟漪！

鲜活的生命赖于诗意的手巧。

指尖上的歌声总是余音袅袅……

繁茂才是大地的自豪与荣耀

风雨又在说自然的法则了。

风雨是预言家，是"易"的大师，精于变化之道。

一切都在生长。存在，获得了应有的地位。

被否定的事物在否定之否定里安身立命，闲庭信步。

天空通过树木向大地靠近；果实说起花儿有感激之情；腐朽的榆木疙瘩，划亮磷光的灯。

死亡松开了灵魂，拆除了肋骨的栅栏……

蝉声平息了寂寞。热烈的争论在雷电里触礁。

世界不会安静下来。一群蚂蚁在窝里发生了暴动，它们要求的自由是到星空里排卵。

总有风雨，周流不息。

夏是我最沉醉的季节。万物优美地生长，维护自由的秩序和荣誉。

风雨是乳母，万物是健康成长的儿女。

虫鸣是寂静的生活在倾听里的流苏与提花。

而我最爱听风声、雨声、读书声。匹夫也关注天下事。

家国的情怀，忧患的意识是赤子的属性！

青纱帐

1

不知不觉，那高粱、玉米撵上了父亲一米七九的个子，我也矮下去了，蹦着高也摸不到玉米的缨缨和高粱的青穗穗。

青纱帐从大地涌出，漫过堤坝，漫过村桥，漫过篱笆、草垛、古老的墙，一不小心抵上了我家燕子呢喃的屋檐。

一切低矮的事物都被否定了。

一个绿油油，清芬的世界触到了我的眼前。快腿的炊烟能拔出这纠缠不清的七月，在天空中缥缈，追逐着乡村梦想的身高。

多么神奇，只那么几场风雨，饥渴的种子就翻了身，稚嫩的禾苗追上了窈窕。大地长发飘飘，尽显妩媚与妖娆。

满满的夏涌上我的肩，寂寞的身子变得饱满。

　　　　　　　　　　　大地上的庄稼

2

青纱帐拂去了我的敏感、心慌、神经官能症。父亲说：这些都是被城市惯出的"玻璃脆"，在乡下多待待，干点活就好了！还别说，真管用，我大脑里的陈灰、旧迹、妄念、偏执与虚荣都受到了清理。明媚的阳光，氤氲的烟雨，摇曳的星辰和月光滋补了我的身子。

我是幸福的，也是幸运的。

3

邃密、幽昧的青纱帐；阴鸷、诡谲的青纱帐；渊默如海，深不可测的青纱帐；让人亲近，又令人生畏的青纱帐。

祖父讲，打早时，那里曾藏过胡子、土匪、盗贼、杀人犯；也曾隐藏过游击队，机智的共产党人。我的四爷就曾在那里躲过追杀的一劫；我的父亲也因为青纱帐的掩护躲过了小鬼子凶狠的尖刀。

青纱帐里有多少惊悚、悲喜，唏嘘不已的事——

邻家的二兰子因为早恋被父亲痛打了一顿，一气之下跑进了高粱地，服下剧毒农药，命归黄泉。

前村的"三驴子"因为在东岗的玉米地里强奸村姑被判了死刑。

青纱帐里有啼哭的弃婴，有谋杀者的阴影，有缠绵的爱情，也有野合的男女，风流的人生……

十八岁那年，我在青纱帐里吻了我的初恋情人。

也因为青纱帐的掩护躲过了父亲凶狠的巴掌，让委屈的我把两只眼睛哭成了星星。

青纱帐啊，说不清，理还乱，别有一番滋味在心头。

4

我跂足引领，在堤坝上眺望着青纱帐；我紧缩着身子把双手抱在胸前，穿行于青纱帐；我用玉米那宽宽的叶子制作了一顶王冠戴在头上——"草寇王"。

我在高粱地里寻找嫩嫩的乌米，深深地呼吸着大地的芳香。

故乡啊，我用浩瀚的青纱帐把你喜欢个遍。

5

风，孜孜不倦地翻阅着青纱帐；翻阅着漫长的农耕岁月；翻阅着一个民族守望家园的坚贞，寸土不让的尊严。

呼啸、奔腾，如千军万马的青纱帐；激荡如潮的青纱帐；幽幽之夜溢出星辰的青纱帐。老百姓视你为生命，聪明的皇上也不敢忽略你。你的长势关乎天下的平安。我从《淮南子》《资治通鉴》《齐民要术》中领会了"天下之大本，务兹稼穑"之深意。

青纱帐，预约丰收，把"安天下"的责任高高地举在头上。

6

青纱帐，收下浓烈的阳光，绵绵的细雨，操作着大地的梦想。它默默秀穗、甩缨、吐须，怀揣丰收的美意。它歌唱，它摇摆，它咬定土地，让乡村的七月充满勃勃的希望。

这是土地的荣耀，生长之快意的时节——籽实倾心饱满，快马加鞭。梦想奔赴十月的辉煌。

7

夜里，我守候在青纱帐的身边，倾听大地的拔节。月光嘎巴嘎巴响。

田野飘荡的虫鸣是优美的小夜曲。多么惬意，寂静醇厚而绵长。

我如一枚铁钉，吸附在磁铁般的田野。

我不想分离，我要和它融为一体，紧凑、协调，没有间隙。我也听见了自己生长的声音。

青纱帐永是我的青春期。

8

十八年的城市生活，没有拿到一枚快乐的证件和幸福的资质，但却在乡村的七月里碰到了茂密的欣悦。

到处都是生机，止不住地生长，润泽我寂寞的骨头、枯燥的思想。

空荡荡的手填满阳光的语言。身子弥漫着深邃的爱。

9

童年，我从《十粒米一条命》的课文里领会了粮食的意义；从父亲那里收获了四时的农谚和节气歌；从历史的典籍里收到祖先对粮食的爱与珍惜，以及勤俭的传统，细水长流的思想。

感恩庄稼，慷慨的奉献和赠予。

我写青纱帐的美好，就是写下《国语》的续篇；《吕氏春秋》的新章。就是把《淮南子》《诗经》《夏小正》提到的农事又复述了一遍；就是端上热腾腾、香喷喷的米饭和抹了奶油的发糕，让人们重新认识庄稼的高尚，功绩的卓越。

我把《父老乡亲》唱了一遍；

把《希望的田野》唱了一遍。

梦想听得见；未来听得见；我的祖国听得见……

10

像一种优美的体制在大地上推广。

齐刷刷的生长。没有谁想高一头深一色，自命不凡；没有谁想霸横，唯我独尊，颐指气使。它们和谐相处，没有高低贵贱，三纲五常，谁也不想比谁更多地拿到雨水和阳光。它们抱定了共生的信念，一门心思奔赴农人的梦想。

我爱青纱帐，赞美青纱帐！

青纱帐上没有倾斜的天空和太阳，亦没有颠倒的是非，混乱的思想。

多么自觉，一粒粒小小的种子，认领了集体的约定——默契，彼此呼应。

这是自然的选择。每一种生命都有传承的使命——生存的智慧和力量。

茂密的青纱帐，深邃的思想需要我们好好领会……

暴风雨，我豪迈的披肩

我要在这深夜里迎接一场大雨的来访。

气象台已发出红色的警报，沉重的云团已瞄准了这座城市。

孩子们依然在广场上玩耍，灯火辉煌不已。

暴风雨已是夏季的家常便饭，没有谁把它放在心上。

空气沉闷，公园的草木和花丛里虫声悱恻缠绵，爱情的影子散发芬芳。

射灯幽蓝、碧绿、橘黄，迷离柔媚。

大雨到来之前，这个城市风变得深邃而幽昧。

树如屈原笔下的山魈鬼魅，扭摆着身子在施魔法。

喜鹊偏逆着风飞，如斜行的螃蟹，翅膀成了双螯。

高楼依旧昂扬，窗口如咬紧的牙关。它们有信心把暴风雨扛在肩上。

政府门前的国旗猎猎飘响，不锈钢的旗杆如不锈的神针。商业街上灯火妖娆。穿裙子的女人瞬间被风瘦身。

车流和行人越来越少，被大风稀释了！

哗一声，雨从高空中泼了下来。那些迈着方步的人四处奔跑。

我早有准备，脱下衣服，与大雨做亲密的接触，享受酣畅的天沐。

雨在我的身上恣意，恰如醍醐灌顶？

那些怯弱的人，羞涩的人，都躲到风雨之外，他们感受不到夏雨落在躯体上的滋味，他们无权谈论这场大雨，他们在屋里，在隐蔽处，对大雨的评说是盲人摸象，是隔靴搔痒。

此时大雨视我为琴弦，悠悠弹拨。我穿行在雨中，束缚已久的躯体获得了解放。

感谢大雨，感谢黑夜！

我自由得淋漓尽致，幸福得如鱼得水。

徐徐的黄昏如福祉莅临

一株高大的白杨将时光的暗往上抬升。黄昏的尺度就这么被确定了。

我中意这安静的气息,与我身子的渴望契合。

摇曳的枝头陪伴晚风,悠然的意绪飘动。白昼卸下疲惫的强光,放松的肩头拐进了村庄。

我的脚步连着夜的序曲。拉车的马匹打着惬意的响鼻。

有星辰点动我的眉额,如亲昵。颂风的茂柳携来苜蓿的清芬。花隐其颜而芳浓愈彰。太阳的表弟——月亮,已在东山之巅隐隐冒红。

水波之上的粼粼之光是风的顿悟。

喜鹊归巢,翅膀统一了夜色。缕缕的馨风是夏夜细致的问询。

幽夜的梦

萤火虫在田野上空忽闪，如烟头的明灭。

高居的神在苦思——星星的雏鸟能否长成一只耀眼的天鹅！

谁缔造幽夜的梦？！

夜正穿越幽暗的树林送来琥珀的安眠。

我高抬的门楣等待福祉的莅临。内心的向往已构成了新的日程。

明天我要出一次远门，签约荣耀的光芒——幸福的订单。

美好的梦想，是最兴旺的期货市场……

丰沛的夏日，我尤爱它的夜色。信心在遐思和虚幻中出尘。

风，碰动了夜空，倾洒了一地的月辉。正适合寂静欢心的舞……

第六辑

明月为光荣的秋天锦上添花

秋天，处处透着高贵的气质

1

秋天功德圆满，怀揣智慧的锦囊。甜美的阳光和雨水被秘密收藏。

梦想的种子步入圣殿，风干的叶子叩拜大地母亲，辽阔的胸膛。

田野喘出最后一口粗气，如释重负。唯物而辩证的水，心无挂碍，充满佛性和禅的质感。

一切都有了觉悟，脱去浮华的外表，完成了内心的修炼，安静、从容、幸福。天空被雁行抬升，愈加令人敬仰。扑朔迷离的预言真相大白，水落石出。梦想与承诺沾沾自喜，笑容可掬。

风把一大笔明澈与清醒支付给那些心灵孱弱的人。造次、鲁莽、混沌的意识，精神的妄想症都安静下来，拿到了比黄金还贵重的理性。

一切炽烈的情感结籽存香，永续绵延。浓密繁华的心事变得风清月白，明澈而疏朗。星辰闪烁，在温馨如沐的天边。

思想如深邃的目光探出自己的身子。

仰望。纯粹的白露，一夜之间化为黎明的薄霜。轻盈的蒲公英，透明的翅膀举起厚重的大地。细微的风在黄昏来临之前接管了冒泡的池塘。

谦逊的黄麦草，温良恭俭的秋葵散发幽香，让我领悟了秋日的内涵——朴实的品德，宁静的修为。

2

秋天啊，我宁可丢掉一大笔生意，也绝不会疏忽澄怀与饶美，纵目与吟唱。我精神的收成必须用星辰的算盘统计，内心的充盈与甘甜都归到果实的身上。

感恩之情不仅溢于言表，而且内存于心。意识和灵魂看重秋风、秋水和秋光的恩惠。高远的天空，闪烁的星辰都精湛而率性。

我着魔于秋天，爱上了行走，愿做一个流浪者。我想，我是成熟的，有着某种信仰，不像贪玩的蝴蝶，带着一双斑斓的翅膀消耗那美好的时光。

我在朗朗的秋日里流连不已，草木的气息合成大地的芬芳。

哦，我爱秋天，赞美她的一切，即使落叶也泛着高贵的气质，即使寂寞也有温暖而迷人的光芒。

3

去仰望吧，让大地忽然消失，灵与肉高度统一。天空对飞翔的解释最精彩，让我们受益匪浅。

一切都变得迷人。渊博的风声我爱倾听，平凡的事物也有金子般的心。我凝神的思索和流连的脚步都别开生面。

从此，不去计较功名利禄，荣耀的勋章与牌位。一缕云烟爱上了淡泊，化作了缥缈。

我的宽容与大度，清高与傲然是多么好用，深远而明亮的格调并不深奥。仿佛风吹过大海和原野的声音，剔除了一切阴暗、犹豫、彷徨与苦闷。

波浪在月光下绽放。蓬勃的梦境都有声律。

寂静的曲线充满驯服和恭谨。我效忠于时间的盛放。天香流布。幻念与遐想喂养我寂寞之心。

抛却了沉重的历史，抹掉一切光荣与耻辱的记录，我轻松地开拔，沿着北方原野的白杨树，悠然地上升——我是空的，天空一样的空；寂寞一样的空。天地增加了我思想的容量。想象愈加葱茏。

4

我站在一个高度，用目光收视远方，弥布的蓝，深邃而无垠。

葳蕤的月光，璀璨的果实，迷离的星云，上帝的爱抚和殷切的叮咛都被我收入囊中。聆听的耳朵，燕子般迅疾与轻盈。

我学会了在风暴和烟雨中打开翅膀，自由地转体与空翻，动作干净而利落。我在黑暗中思索，获益于苦难，取材于蹉跎。

思想的结晶体乃是道德闪光的配饰。我需要命运的关照，但必须是颠踬而坎坷的，曲折而多舛的。

我需要苦涩的养料，疼痛的砥砺与抛光。

5

爽朗的风爱去原野和乡村，因为它能看到卓绝的秋天。

我的脚步也爱跟着它走，所到之处都硕果累累，心灵饱满，目光甘甜。

坠弯的枝向大地鞠躬。它成了我的榜样——常怀感恩的心，谦卑的修为。

秋天，不是梦想的终结，也不是一劳永逸，它是激励和鼓舞，让大地的种子干劲倍增。秋天说它只挖到了第一桶金，还要创造更大的辉煌。多么明慧，它抛弃了枯燥而腐朽的思想，精神抖擞运筹着新的梦。它将穿越萧疏的日子、凛冽的风声，戳破禁锢的律令，满怀信心走向新的春天！

世界更高远了——"那蔚蓝色的天空，舞蹈的黄金！"

明月夜

秋风轻车简从，快马加鞭，它经过二道河子，带动了一片月光。

沙沙的声响磨砺着幽夜之银光的亚种。大河之南繁密的灯火如迷离的眼波。

仿佛受了神灵的摩顶，很久的困惑、纠结和怅然若失被翻涌的月色消解——人间的梦不都是有着圆满的结局。闪闪的芦花如喜乐的小鸟。

我被存在的意义照亮。

秋往深处去，披星戴月。

大地的粮食心怀美德，厚爱劳人。

风和上了月光的弦。情不自禁，我吟唱了起来——

辽水汤汤，蒹葭苍苍。天宇邈邈，星汉抚肩。神光不灭，爱心永耀。

幸甚至哉，歌以咏志……

觉悟的心带着明慧的月光归来！

秋天不是阳光的磨损而是梦想的擦亮

花儿不见了，虫声稀落了。

蝴蝶合上了书本进入了梦乡。

邻家的女孩也嫁了远方，空气里没有了她的巧笑倩兮，美目盼兮。

但别急，世界之美总是在场，不会缺席。那高贵的、斑斓的大地，摇曳着凤鸣的彩树，果实累累的钻石让你的眼睛发亮，仿佛恩宠和加冕抵达。

一些围栏自觉地敞开或拆除，风自由地出入。

雷电收工，风雨打烊，世界明澈而安静。爱情的果实甜美，没有谁还唱潮湿的心。

野草身轻，它们疏散了内心的阴云，在风中吟唱。

蒲公英放飞梦想，它们怀抱星辰的种子，有着非凡的胆略。

女人比灯笼甜美；男儿比家门肩宽。他们的追求大于金雕的翅膀。而男人和女人在秋天里相互的微笑是信任的扫码。沟通是灵魂的互动。

昨天，前院老王的儿子娶媳妇，满天扬花，新娘像摇曳的红蓼。

秋天是献礼，是爱与思的收成，是大地的盛世、是耀眼的新人牵手……

我的激情是理性的张灯结彩

秋色还浓，我的归去没有日期。

河山大好，风景各异，幻思倾吐兰气。

四海一家，口音不一，都是姐妹兄弟。爱是大地优良的风尚。

花的力量超乎想象，它给予我的精神可以斗量。至于那南国郁郁的嘉木，是我喜获的神采，葱茏的风仪。

坚贞转换为自由——任尔东西。这是我的手艺。

没有思想的羁绊和起哄的酒杯；没有七嘴八舌，张狂的胡言乱语。

宁静的天地，静观自得。浮出的童心是云间雀。

我向爱我的人不时发出芳香的消息。相信量子纠缠和神秘的感应论。

分享有许多形式——云雾、虹霓、巨大的落日……我随时传递。

世界万象，我独取旖旎；人间缤纷异彩，而我的思想井然有序。

我的激情和浪漫不是野火，是羽毛自珍；

是理性的欢愉；是节日的长街张灯结彩！

旧忆

她充满喜悦的手飞向枝头，嘻嘻的笑盛入甜美的筐篓。

秋天畅通的血脉让她两颊绯红，微露的牙齿有野百合的光泽。凸显的乳房，摆动的臀是大地的丰满。

她是故乡三柱子的媳妇，读高三那年，三柱子家从王家堡子将她娶了过来，那时我隐隐气不平——三柱子一年四季左眼半睁不睁，凭什么娶了这样的花枝。

春去秋来，我毕业在老家的小学做了教师，校园门外的小路常有她的身影闪过。那时，她已是两个孩子的母亲，看管一个果园，每到秋天需要苹果，我都要到她那里去采购。她的甜美与羞红属于苹果的系列。

年年的秋光在那一片果园里飘动。东山脚下炊烟袅袅如岁月吐丝。

我教过的那些小崽子纷纷汇入了青春的队伍，而我头上已生出惊心动魄的月光。

悠悠岁月已长出碗口粗的枝杈，揽着风雨。

时光依旧刚强、遒劲，在天空中优美地转折……

人间的灯火因梦想而分外明亮

叶子褪尽。尖锐的天空，苍茫的细缕。

时光的脉络更加分明。绚烂落幕，人间的事物往深处去……

不说沧桑、寂寥，那不合我明媚的血液，亦与太阳赐予人间的温暖相左。

我说辽河岸边精准的节气，流转的风水；说花草深邃的思想和大地的智力；说丰收的喜悦，爱的迷昧与甜蜜；说风雨的功德和事迹；说飘落的枫叶点赞的碧水；说芦花摇曳的夕阳，大地迷人的黄昏……

说即将到来的一场大雪——洁白的恢宏与繁荣；说麻雀的忠诚，不离不弃的家园；说树上的鹊巢依然温馨；说烧烤、麻辣烫、火炉和小酒；说男人和女人浪漫的趣闻；说安徒生的童话、普希金的诗歌、歌德的哲学、尼采的《查拉图斯特拉如是说》；说特朗斯特罗默的滚雷和跳伞……说一朵雪花推动高山的圣洁……

不说落叶的女子，说天使的轻逸与玲珑；说明眸皓齿，温婉与热情；说风雪的乱美，传统的词语的溃败；说超现实主义——"优美的尸体将渴饮新酒"；说一粒种子里的惊雷和闪电；说一株勤奋的白杨树披览浩瀚的星汉……

我说村庄，说洁白的乡愁；说炊烟袅娜的翅膀；说嘹亮的鸽子，飞舞的铃铛；说汗水的荣耀，粗糙的大手散发着劳动的喜悦和芬芳……

我说人间的灯火因梦想而分外明亮！

黄金散尽，还有辽阔的白玉

一夜秋风，掠去了天空奔腾的黄金，席卷之势，强悍，不容分说。而那枝梢上的几片叶子却还在翩跹着，说飞扬的心情。

绚烂褪去，美好的秋日转场。疏朗的视域有我弥望的喜悦。

爽风从另一个方向来，吹高了我的额头，荣耀的枝头揿入深邃的苍茫。结实的鹊巢如古老的坛罐。

一切都真相大白，水落石出。行走的风诉说世间的因果。

粮食回到了村庄，找到了勤劳的人；蔬菜、水果在市场里含笑、招手，不断收到倾心与夸奖。

秋天手脚麻利，不像夏天丝衣罗带，拖泥带水。

一切都安排妥当，它转过了身子向寒流的天空挥别。

空旷的原野，寂寞的屋顶和院落像准备好了似的，暗许高洁的风声……

黄金散尽，我还有辽阔的白玉——

明亮的雪，皓洁的铺排……仿佛我期待的月光的盛装出场。

我仰起了脸，等待那飞舞的雪花将我擦亮。

雪花从天空里纷扬着跑出来，如天真的孩子奔向花开四野的春天！

是的，春天——

"冬天来了，春天还会远吗？"

生命又有了新的呼唤

秋往深处去，要深到何处？

寒流滚滚，意欲把磅礴的大雪从北方运来！

最后一片红叶飘落了。秋的尾声是冬的序曲。

我的倾听由殷红的醉转为玉树琼花的醒。热烈与宁谧都有需求，穿透灵魂的力量是对灵魂的震醒。

往昔是用旧的岁月，我不回望亦不怜惜。

月光不旧，风雪不锈。意识优粹。我总能借力将自己翻新。

秋风衰了草木，根脉却不气馁，沉潜而隐忍。

信念是心灵的一盏灯，什么样的风都吹不灭。

我在黑暗的伤口上写诗，不知不觉就透出止疼的曙光。

那些无病呻吟、悲天悯人的诗人，总被别人誉为深刻。我也曾尝试过，但惆怅和悲伤与我明媚的血液不发生反应。写着写着，我就否定了死亡和阴影。躯体里又是霞光万道！

自信、坚韧——生命的合金天赋异禀。

我从落叶和雪花中读到的总是超然和嘹亮。

大风如铿锵的锣鼓，在辽阔的天地间除旧迎新。

叮当的银铃飘飘洒洒。每一片雪花都是慈航的舵轮！

明月为光荣的秋天锦上添花

月色潮涨，我在津渡。想泛舟，与月同乘。

月对人间的情怀和道义愿尽它辉光的义务！

大地的果实血气方刚，在月光里散发甜美的芬芳。

风为宁静的湖水描眉打鬓，闪耀的星辰为秋夜锦上添花。

明月是宝藏之锁，需用磊落的澄怀开启。我心灵的钥匙磨砺以须。

艄公已为我备好了尖尖的小舟，是波光粼粼的织梭。

芦花的月光堆积，仿佛为我的归返备好了拂晓。我用手轻轻将它推开，满掌都是婆娑之美。

小船悠悠，向江心驶去，我与岸上炽烈的灯火、熙熙攘攘的脚步拉开了距离。洁辉颤动。风予我羽化之力。

我与无边的风月心心相印，

是诞生——庸碌的人生脱胎换骨！

淡泊的泉水并不羡慕大海的荣耀

落叶让我感到亲切，姿态放得那么低，那么谦卑。

不仅仅是亲切，还有崇敬，还有领悟其邃思的欣慰。

我常常有失落感，不服气，一些人莫名其妙，爬得比我高。

当然，我也得承认，不论用什么方法，他们还是比我技高一筹。

现在我看淡了，也轻松了！像树一样轻松；像落叶一样轻松。

夏日的阳光太强烈，我需要浓荫的庇护。

现在是深秋，我不需要阴凉，需要的是阳光的暖照。

天地疏朗、明透、超然，大彻大悟，比哲学的阐释更清楚和深刻，也比玄学和道学更朴实，更接地气。

心灵，如涓涓的泉水并不在意大海浩瀚的荣耀。

放下真好！淡泊以自适。

饭吃得香，觉睡得踏实，处处都看得顺眼。风吹在什么事物上都好听。

世界很简单，却被我们弄复杂了，绞尽脑汁，又枉费心机。

最聪明的是人，最愚蠢的也是人！走出混浊，我独爱澄明。

我躺在干净的秋风里阅读天空，只一会儿工夫，身上就落满了枫叶，红又黄，仿佛信仰与虔诚合身。

大地与勤劳的汗水知音

风出彩了！望眼皆是绚烂。

洪流过后天高云淡，大地依旧笑声爽朗。

苹果腮红，内心甜美；乐颠颠的谷物奔赴丰收的约会。手拉手的姐妹个个都迷人。

望秋的人直到落日熔金，

吹口哨，唱小曲儿的男人都梦想成真。

穿短袖的女孩与夕照的芦花合影，浑然不觉凉爽。

竖起身子眺望的田鼠，揖别黄昏，预约新的黎明。

秋香的人家，爱在傍晚把酒临风，且更从容。

一湾碧水是月光的琵琶，交头接耳的虫鸣议论风生。

欢乐比宝石珍贵，淡泊的心比财富更胜一筹。

心灵优美又芳香，蜜蜂和蝴蝶都爱追随。

种瓜得瓜，种豆得豆。大地与勤劳的汗水知音。

遍地英雄，我们亦可列入

　　兄弟，我们找到炽烈而忠诚的火就不愁柔韧的剑胆翻越苦难的深渊了；

　　兄弟，有这浩荡的秋风的砥砺就会拿到闪耀的光芒让我们的灵魂永不暗沉了；

　　兄弟，刀架在脖子上得保留应有的骨气，即使化成齑粉随风而去也不跪地求饶。

　　兄弟，你看，一只巨鸟在天空里佩带双剑，昂昂的风貌，仿佛英雄凯旋，王者荣归。梦想在途中穿云裂石，披荆斩棘而不退缩。

　　兄弟，我们脚踏实地，才能一飞冲天；栉风沐雨，才能身披彩虹，自取崇高。

　　兄弟，我们自备火炬，高擎热血穿过深夜，因而加速了黎明的步伐和黑夜退出的速度。我们与如饥似渴的向往有着辉煌的相遇。

　　兄弟，险阻与困厄壁立千仞，连篇累牍，而我们从缝隙中开辟了宽广的道路，扬鞭催马，一路呼啸，抛弃了乌鸦群飞的黄昏和狼性的荒野，与我们崇敬的创世者并肩携手。

　　兄弟，遍地英雄，我们亦可列入！

灯火在梦乡里结籽

午间，我在辽河的长堤上走，风带来的稻香透出大地的热忱。

深呼吸是幸福的手艺——熟能生巧。我听到心灵的布礼与感激。

秋水的孤独与天地相配。融洽，一拍即合。

巨大的容器是云的巨翼。长空雁鸣，一览无余。

秋的猛虎下山，到平原上游荡。大地喜迎斑斓的王者，它以长啸的尺子划定丰饶而富足的疆域。守望被荣誉的硕果抬高的家园。

我的望眼渴求辽阔的丰年，身子带出了五谷丰登——辉煌的秋色绵亘不绝。

自由与自私脱钩，与欲望分道扬镳。"我从一种兼容并蓄的道德中提取了无懈可击的救助。"

腾空自己，万象的世界入驻！

黑夜到来。袅袅的虫鸣解锁。

仰望星空婆娑的稻穗，灿灿的光芒，正是大地之光的反照。

我呼吸里的稻香村也有春暖花开的声息。

灯火在梦乡里结籽。

一弯新月为中秋的到来赶制青丝玫瑰的月饼。

我想乘坐秋风的马车

我想乘坐秋风的马车在乡下的路上走一趟。马，膘肥体壮，驾轻就熟，没有艰难爬坡，任重道远的感觉。欢快的马蹄，有力的躯体，滚滚的车轮与平坦的大路和谐——颠颠的节奏，悠扬的旋律。

喜欢看到车老板摇着红缨的鞭子，一副得意的模样。而我，可以沉默，望着丰收的田野陶醉、遐想，喜悦在内心里流淌。我也可以主动与车夫拉呱，听听乡下的生活，奇闻怪事。他可能向我打开话匣子，滔滔不绝，或说到痛处，不停地叹息。也可能骚性，爱说男人和女人的风流事，那是他们喜谈的话题，但我可以送上笑声，却不影响我浏览大地的风光。如果他的心情忧郁，有许多困惑，我也可以开导他几句，给他信念和勇气，而我也与现实的大地靠得更近，身上也有了人间的烟火气……

我在乡路上走了很久，不时地回眸和向前眺望。

多么想听到嘚嘚的马车声，让我乘上去，尝尝那久违的颠颠儿的快意!

秋风的马车我没有遇见；秋风的马车不知停在哪个村落？

秋风的马车该不会都被收入了历史的博物馆吧？！我内心突然生起了逝水流年的感慨!

每一粒果实穿越风雨都身怀绝技

入秋山则重返童年——

神秘的果实，奇迹的植物，各种小精灵都让你着迷和欢喜。幽秘的声响令我惊异地竖耳！

松鼠是林中最活跃的分子，它们一边享受眼下的生活，一边又储备过冬的口粮，这些小妖是狡猾的，以障眼法暗度陈仓，且懂得有备无患。

山洪已退去，雷电隐匿于深幽的树洞和崖隙。

安静、澄澈，谦谦如君子的水让我崇敬，又倍感亲切。

白桦、水杉、美人松纷纷挤到河边照镜子，它们神情散朗、超逸，有林下的风致。

野菊和石竹花还在叮咚地开，娇美得令人怜惜。红的紫的黄的绿的果实都频抛媚眼，个个珠圆玉润。

蝴蝶带着燃烧的心，走的还是青春的路线，它们飘逸的霓裳永是阳光的时尚。我提着小竹篮，寻寻觅觅，所有的果实都品尝，酸甜苦辣是人间的灯火溢出的滋味。

命运是偶然的交集，在密林和荆棘中穿行说不定遇上什么果子，每一粒果实穿越风雨都深怀绝技。

　　对所见的野果我一股脑地往篮里装，甜的要珍惜，拣选后献给至爱的人；苦涩的亦不可轻掷，也许它是良药，可治头痛、失眠、脑中风，或止咳、止血，止人间的疾苦与烦恼！

一盏灯火不断地向我发散人间的温暖

灯火辉煌的宏论我并不苟同

夜就是夜！我从不追捧夜如白昼，更不爱在冲天的辉煌里安置梦乡。

在繁华的都市里，我并没有感到荣耀和自豪！越来越炽烈的灯火毁掉了夜的安谧，我能感受到夜的委屈和星空的沮丧。

我爱的夜是萤火虫画下的浪漫的曲线，是虫鸣对倾听的拥趸。

是草木香与寂静的相融，是梦的根深蒂固带来生命的强旺。

爱安恬而温顺的女人。屋檐下的小燕子在风雨中一声不响。牛马羊和鸡鸭们也臣服于夜，分外乖顺！

丰衣足食的蝴蝶和蜜蜂都在幽隐处休息，夜幕下它们收起了繁忙的翅膀，不再挥汗如雨。我在夜里早早关闭了手机，不与翻过的白昼联系。

乡下的夜，是深邃的，清澈的，宁静而致远的。

每次早晨醒来我都饱满，生机盎然，心灵缀着晶莹的露珠。

乡间的光影

九月。乡下。

我的双脚觅得了一条小路，它弯弯曲曲，花香
缥缈。

仿佛世界幽寂的夹缝，但适合漫步、呼吸、遐
想……

一朵白蝶，悠悠地飞，用翅膀开辟前程。

野黍、苘麻和龙牙草纷纷追过去，求它为梦想的种
子授粉。

大地的辽阔，颖异的花开和善舞的精灵层出不穷。

从前的日子可以苦，手头拮据，我苦苦思索通达未
来的路径。

风吹草动。时光的弓箭——有的放矢。

虫鸣被阳光镀亮；闪耀的野菊花功力不凡，点石
成金。

一片树叶飘落，从我的头上滑落到肩头，最后落在地面。

　　我拾起它，放到鼻翼下，沉静的气质，幽隐的清芬令人感动。

　　哦，岁月猛如虎也！让我在寂寞的深处躲躲。

回忆与沉思都敷着月光

　　白茅草忽闪着，是夜的明眸。

　　流水讲月光的故事，涉及了菖蒲和水芹。

　　山谷里不断传来夜鸟的啼，那是鹧鸪惬意的梦呓。

　　如果在城里，这个时候我早已是梦乡的客。

　　三十年了，我对都市辉煌的灯火从不苟同。说到底，我不喜欢把夜晚与灯火和喧嚣搅成一锅粥。

　　学会躲避，在繁华的都市里深居简出。

　　每当节日到来，我就开始储备食物，在自己的斗室里读书、听音乐……独善其身。

　　活得寂静需要千锤百炼的功夫——或视而不见，或充耳不闻，对窗外不绝于耳的叫卖声也得学会下咽。

　　此时，我已脱去了城市的硬壳，仿佛羽化，抛弃了孤漠和自闭症。

　　脚步是夜色的纵意，仰望是对星空的饕餮。倾听万籁的道白，遐想因芳香而卓异。

突然想起，早晨姐姐给我准备了一个竹筐，专门用于进山采摘野果，当然也可以盛冒芽的灵光。想象无数，是一个丰收季。回忆与沉思都敷上了月光。

　　　　　　　　　　　　　　　　　　　大地上的庄稼

乡愁里面是旧年

大西沟是千山山脉的腋窝。

大西沟长出了我毛嘟嘟的童年、翩翩的少年！

大西沟是个长夹子。夹扁了天空，夹断了麦穗般的银河。

厚嘴唇的南山和北山，茂密的乌拉草是它的唇须——嗫嚅的晨昏。

山后是一所小学，我去那里识字，其余的时间都在沟筒子里游玩。

风，年年吹，带来的是云、是雨、是雪、是夹缝中的岁月，即使登上山顶，也浑然不知山外事。如果掏出心肺对大山喊，喊出的是什么，传回的还是什么——寂寞和孤独的回声。

阳光和蝴蝶赛跑。蝈蝈弹寂静的琴。响彻云霄的蝉不做白日梦。

猴急的我烧毛豆、摘倭瓜花，用火炭渣在墙上涂鸦……为此，挨过父亲的巴掌。

　　甘罗十二岁拜为上卿，而我已驴大小了，还没读过"聊斋"、"水浒"和"三国"，不知诸葛亮竟然还叫孔明。

　　我用从河边捡回的绿瓶碴子观察世界，阳光有些暗。存在的世界并不规则。

　　那一年，城里"横空出世"的年轻人乘着敞篷车到乡下破"四旧"。我知道了毛泽东叫毛润之，贺子珍会使双枪……这些都是表姐说的，那时她爱上了镇里大红大紫的王卫东！

　　童年，我是一朵狗尾巴花，摇晃着懵懂的人生……

大地之上，少了一缕炊烟

又回乡下，徘徊复流连——我舍不下这秋！

丰硕的果实，甜美的胀痛。磅礴的爱意围拢。

能告诉我，这是孕育还是诞生？是慷慨的回馈，还是心灵的暗许？

我仰望，缄默的领取——世界的厚爱。

从前，我是乡下的孩子，家里最是贫穷。

在饥荒的年代我是一棵麻秆儿，面黄肌瘦。

兄弟姐妹五个，母亲对我最是疼爱——唯恐我被风雨折断。

…………

天凉了！我又加了一层衣裳，暖意附着心跳。

我折了一根野草，吮吸着它不再丰沛的汁液……

想起那一年，三岁了我还没有断奶，直到哑不出娘的乳汁，才脱开她的怀抱。多么羞惭！

日在中天，肚腹鸣叫，我寻觅充饥的东西。

母亲不在，大地之上少了一缕温暖的炊烟……

我爱低处的生活

大地的草木将我照料。我总是能得到它们的惠顾。

当秋的红艳褪去，天空飞雪，我又开始了玲珑的日子——童心缥缈。

我随着节季而变化，享受大地之幻彩，冰清玉洁。

这是低处的优势，大地的福利，而在虚妄之处，不得自由地转换，没有轻松与安适。

高处不胜寒，我早有戒防。

我从没想过把世俗的生活甩掉，乐享静怡之美，烟火之暖，风花雪月之妙。

我不追逐崇高，不做俯视人间状，充当上苍。

我只要氤氲的气息，低处的生活，伏贴于燕羽之下和欢快的蝉鸣之中。

我惬意地走在大路或小路上。

多么实在，低处让我安适。坎坷与泥污，曲折和漫长都不是问题，甚至道路消失，荆棘遍布它亦胜于虚妄的去处。

也有苦难。而苦难是短暂的，它总能被我坚韧的意志消除。

越往低处，越丰盈充实和牢靠。大自然善待低处的人，呼吸亲切而芳浓。

光阴伸缩、变化无穷又触手可及，让你融入其彩。而腾达的浮云与烟缕，倏然无所见。所以我从不攀高，探觅豪门的途径，宁与残花败草同居，也不做圣灵的星辰闪现，攫取仰望的目光。当然我也时不时地亮出额头，高瞻一下，将目光所及之处，作为生命的边际。我不能因为低眉而缩略了生命之广义。

爱着庄稼和田园，鸡鸭鹅狗的小院。

熟悉和习惯了民间的礼仪、亲疏交往。

鸡毛蒜皮的纷扰，恩怨情仇的故事，祖传的忠孝与善良，被津津有味地叙述。神灵被供奉；英雄被追捧；八卦在流通……

我爱这低处的生活！

——在天地的接壤之处，生命最为丰富和生动。

你看，刚刚辞别锦彩的日子，就又遇上了飘飞的大雪和锅碗瓢盆叮当作响的节日。

大地寒寂，滴水成冰，但不影响心灵的鸟语花香……

内心已是熊熊之火

抬起了目光。窗外，一片混沌，不见了明媚。

世界失陷于浓雾，预备的歌声被掐住了喉咙。诗歌突然感到偏头疼。

想到路人和行车——踟蹰、犹豫，瞪大眼睛辨不清事物。

车灯恍恍惚惚——红肿的眼睛，喇叭呜咽——预约泡汤；承诺含混不清……

庆幸，梦醒时分取消了一个奔赴的计划——八卦者说今日室内比室外好；读诗比赶路幸运——暗自侥幸。

年来读诗成瘾，一卷卷汲取营养。

诗能改造世界吗？文明是诗带来的吗？伦敦的稠雾是诗剥离的吗？诗是不是像一个人的头发，可长可短，可有可无，不影响生活的质量？

我想，去城市中心或茫茫的郊外与雾霾辩论和斗争，它的存在有些荒谬。

或像堂吉诃德，怀着崇高的理想，大战巨人的风车。为梦想牺牲才是荣耀。

从今天开始，我广而告之，收集人民的睿智与卓见，以驱混沌的妖魔，还大地透彻的明眸，清澈的呼吸！

内心之火已毕毕剥剥，弥漫性的混沌已化作灰烬……

　　　　　　　　　　　　　　　　　　　大地上的庄稼

老宅

　　我庆幸的是离开故乡三十多年，老宅和那两株枣树，四株梨树，七株挺拔的白杨以及年年归来的燕子一直在亲人的手上流转。

　　我进城后，父母一直在那里留守，对城市的生活他们不感兴趣！

　　父母不在了，接着是大哥住。大哥随儿子进了城，放下群山捧起了大海，老宅就转给了二姐。二姐的两个儿子长大了，娶妻生子，分住东西屋，姐傍着山墙又起了一间房，和老宅连体。

　　老宅太久，一草一木仿佛都通着我的血脉。有它在，归去就有了扑头儿，乡愁也有依傍，回眸还有招手的炊烟！不论我怎么漂泊，生活如何，心情如何，仿佛也有拐弯和回旋的地方！

　　老宅是古木，叶枯了，春天还可以发芽；

　　老宅是草帽，虽然旧了，但它适合我的脑袋，可以遮挡骄阳和风雨；

老宅的树上有鹊巢，年年喜鹊衔枝，偏僻的天空分外响亮；

老宅有紫燕的呢喃，处处都是暖意。童年的影子随处可见……

老宅粗糙、灰暗、低矮，但它曾经是我的洞房花烛夜，也是我京城女儿的籍贯……

一盏灯火不断地向我发散人间的温暖

　　寂静的夜。白茅草喊着月色的好。

　　墨玉般的山顶有几粒杏仁般的星辰，给我芳馨亦苦涩的回味。

　　往昔是长长的珠串，越捻越亮。一条潺潺的溪流磨洗着偏僻的寂静。

　　古老的村子还是那几盏灯火，多少年来没有增加，也没有减少。

　　有一盏灯火从前是我乡愁的磁铁，我奔赴的身子鱼思故渊。后来，父母不在了，那盏灯火由二姐执掌，我归去的脚步比从前稀落。

　　今夜，我傍着月色回来，是二姐很久的期盼。

　　蜿蜒的山路是我记忆的长藤，也是童年的主线。一串串往事如月光的铃铛。

　　从前，每次回家，我总是一边走，一边哼唱，看花赏景，像小时候放学回家——蹦蹦跳跳的一只青蛙。

　　父母走后，小调失踪了，我成了一只眼里常含泪水的蜗牛——缓慢的步子心事重重。有时，坐在路边的石头上，不小心招来了旧时光的小虫，仿佛它们是来讨公道，让我道歉，因为我曾戏耍过它们。

有时我侧耳倾听故乡隐秘的声息，倾听草木芳香的窸窣。

故乡的路虽崎岖，却是回放自己的唯一途径。二姐接替的那盏灯火，在那棵沧桑的老槐树旁不断地向我发散人间的温暖。

大地上的庄稼

童年故乡

1

故乡——我的生身地。我来自你的什么？

玉米、高粱、蔬菜、瓜果、阳光、月色……是这一切。

这一切又非我。

2

草木摇曳，满地虫鸣。

黄昏，我降生在这个陌生的人间——忽闪的油灯，猩红的窗口，杂乱的脚步声……

我从蒙昧中走来，攥紧的两只小手如花蕾等待绽放。

我不是天使，我是苦儿——多么卑微，注定要通过苦难诠释生命。

我眨动着眼睛，听不明白什么，也看不懂什么。我是结在母亲身上的一颗青果。

3

迎来了风——怀抱我，拂我的心灵。

迎到了雨，它敲着我的额头——幻想开门。

路边，马兰花上，一只蝴蝶翕动着翅膀，仿佛翻阅着什么。我开始关注事物的细节。

露珠缀在草叶上，晶莹颤动，饱含阳光的爱。

快乐的鸟沿着天空的曲线飞，一直飞到我看不见。我开始在心灵中构思自己的翅膀。

我顺从了一座山峰。铃兰花吹响了春天的喇叭……

山沟里，小路弯弯，流水也寂寞。我成为母亲的尾巴星子，跟着她出入于苦涩的生活。

铁圈、弹弓、蚂蚱、蝈蝈、螳螂……一切小巧的事物和精灵都是我童年的伙伴。土墙上有我画下的最新的画。月光的粉笔画出一条叮咚的河。

漂亮的梦想预约未来。

4

我是一个多么乖巧的孩子。春天为妈妈采回了酸浆，还将一朵野玫瑰插到她的头上。

秋天，我拾回了许多谷穗放进笸箩里，等母亲归来，她微笑的夸奖是我的荣耀。

5

睡在暖洋洋的石头上，草坪上，小虫们并不伤害我，它们知道我善良。

对它们我从不以王者自居，我和它们亲密相处，小心地对待它们的细足和翅膀。我认真地琢磨着它们的翅膀，探究它们的勾萌——未知的世界令我着迷。

6

稍大一点，我背起了书包，去到山后面的一所小学读书。一路山花相送，蝴蝶簇拥。我像一个王子出行。

我喜欢那墨香的书本，书写的铅笔，可以涂改错误的橡皮。

我能数出一百个数了，不打奔儿；我能背诵小九九；我能写出日、月、水、火、山、石、田、土的字了。我还学会了向大人们问好。

我是一个听话的孩子，专心致志地进入了课本。那些蝴蝶和蜻蜓，还有叽叽喳喳的雀子们对我都刮目相看。他们打量着我，护送着我，格外殷勤。

7

幻想的少年躺在青草坪上，望着蓝天、白云出神。

诗人、画家、音乐家、医生、工程师都是我的向往。我将成为它们中的哪一个？想啊想，不知不觉睡去了。阳光翻晒着我的梦。

我有胡弦和竹笛，指尖上有动听的四季。

山脉悠扬，星光流淌，寂静的日子，野花飘香。

一个少年的孤独也分外好听。

8

冬天，飘飞的大雪覆盖着整个小山村。洁白的大地，圆润的山冈让我想入非非……

我开始阅读小说，有《烈火金刚》《红旗谱》《苦菜花》《林海雪原》《平原枪声》……我沉入其中，预约未来，向往成为英雄。书中那些情感的描写让我的身子也有异样的感觉。青春，悄悄来临……

9

盼着大雪的降临，我想用我的手指、树棍或秸秆在雪地上书写。

我的写作，文学的起步是从雪地上开始的。我即兴地写，随心所欲地写——小花小草；写父亲和母亲的名字；写我背诵下来的课文……风和阳光读过了，不过总是顺手将它抹掉了！

童年和少年不知不觉与我分手了！我通过一枝桃花进入了青春期……

　　　　　　　　　　大地上的庄稼

父亲的一场大雨

覆压的乌云，力拔山兮。

狂风和雷电交集，催促一场大雨启程。

鸟无影，蝶无踪，蛇蝎遁匿，草虫噤声。青纱帐在大地上呼啸飞奔。

我从城里刚刚回到乡下老家，天公就给了我一个下马威。秋在乡下并不平静。

牧牛的老父亲还没归来。他喜欢养畜和耕种，编筐编篓亦是他的绝活儿。勤劳让他拥有坚韧的筋骨，脚步有根，行走愈轻。

天暗如铁锅，空气窒闷。我在檐下张望，焦急地盼着父亲归来的身影。

吱嘎一声门响，父亲回来了，我悬着的心终于落地。他牵着那头黑牛，像一座小山，不急不躁，异常安静。我迎上去，接过牛绳，将牛拴在厩棚。就在父亲喘出一口粗气的当口，硕大的雨点铜钱一样落下，噼里啪啦……山村被一场大雨裹挟了。

此时，牛在棚里反刍一天的收成，父亲的惬意被闪电照亮。他与大雨脚前脚后，可丁可卯，就如他编制的筐篓，总有完美的收口——严丝合缝。

父亲粗糙的大手分蘖出精细的农业

走向田野，想起了父亲。

他是个庄稼人，一生都在田野上，粗糙的大手分蘖出精细的农业。

他怕庄稼消化不良，曾将风干的鸡粪搓成粉末撒入田垄；田地里大大小小的石块都被他捡到地头，让它们靠边站，不许它们捣乱；他徒手与庄稼上的害虫搏斗，捻死油虫、蚜虫，他说药虫子也会药了庄稼。

爱庄稼如爱子，整个心都用在田地上了。难怪我们家的庄稼总是比别人家的高一头、深一色，且有抗风性。他是中国乡村大地上最智慧的农民。

父亲的双手被大地磨得短粗而结实，是有血有肉的钢，八号铁丝在他的手上也变得柔软。农具的柄子被他的手磨得光亮而细腻，闪亮的铁镐和锄头亦是他勤劳的砥砺。冬天，他的双手裂开许多口子，像婴儿的嘴儿，母亲买了蛤蜊油为他涂抹，但还是不能愈合，只有等到夏天封口。

那一年，父亲一病不起。临终他叮嘱我们将他葬在田头，但不要起坟头。我的理解是父亲不想高于田地，要与大地的肩膀一齐。

丰收的田野有父亲精彩的页面

父亲的庄稼再次为秋天争光——

每一株玉米都喜得贵子，有的是双胞胎，甚至三胞胎，个个饱满。我视它们为同胞，血脉相连的兄弟姐妹。

这片土地出色的表现赢得了秋风的喝彩。

当然，每次我从城里回家，站在那片庄稼前，内心也充满感慨，默默地为父亲点赞。

十年前的一个秋天，我陪着一个画家朋友到这片庄稼地写生。后来，他创作了一幅国画叫《乡情》，参加国字号大展，获得铜奖。我也跟着沾光——喜气洋洋。

这块土地虽朴素、平凡，甚至偏远，但它却是父亲每年展开的画卷。

小时候，一家人的生活都靠着它。我的梦想，金榜题名的荣耀，以及写下的许多诗篇也是这块土地的产出。

如今，父亲年事已高，快八十岁的人了，可那块土地却对他说——你不能老！于是父亲答应继续硬朗。他粗糙的手已被大地磨短，但依旧是农耕的系列。他的眼睛明亮，走路还有力量，一如既往地热爱劳动。

夏日，我亲眼看见他劈开大雨，拉紧闪电的缰绳，将那头老牛从河边牵回家中。他推三轮车一点都不摇晃，能摆平大地和天空。他说"小车不倒只管推"。

啊，父亲！如果我到了你那把年龄，还能像你那样吗——

在大地的风雨中坚强而锋利，手上的力量胜于城里的年轻人！

大地不亏待劳人。

丰收的田野有父亲精彩的页面！

一生的惭愧

他长眠于一个天空的斜坡。年年都有风雨，都有我奔赴的泪水。

生前他曾带我去过那里，用一根木棍点了点那长满野草的山坡，告诉我，死后，要将他葬在那里。那时，我还小，莫名其妙，而父亲是认真的。山花野草听懂了，频频地点着头。

后来，父亲真的离开了我们，属英年早逝。仿佛山里的那些花草们勾着他。他一生开朗、诙谐，好逗乐子，能说会道，属于踩街面儿的人，村子里大人孩子都敬重他。

他的算盘子打得叮咚响，干净、明亮，富有节奏。每次打完，他都习惯性地摇摇，响亮的珠子如春天的喜鹊，喳喳叫。

他的面饼做得柔而韧，香而脆。一坨面，如一池水，被他灵活的巧手抻成了一条河，然后又擀成了坦荡的平原，香喷喷的麦田。

他的扑克也玩得好，善记牌，打到最后，对方手中握着什么他都清楚。

不过，他好战，精于战术，疏于战略。

如果赢了，他总要把朋友请到家里，用二锅头助兴，不是把月亮喝醉，就是把一条小路喝颠——摇摇晃晃的星光。

他为我捉过蝴蝶、蜻蜓；背着我蹚过雨季的河；为我买过《小兵张嘎》和《鸡毛信》；为我从夏季的河水中抢回了那只脱落的鞋。

…………

那次我犯了错，父亲脸色铁青，高高地举起巴掌，而我却倔强地挺着脖梗与他顶嘴——我学许云峰和江姐，学共产党员的坚贞。而父亲的巴掌终没有落下，却留下了他的手时常颤抖的病根儿。

我是个"浑蛋"，多么顽劣和愚蠢！我不该在父亲面前冒充英雄。我欠了父亲一个"逃"，或一个"饶"。

如今，每当我看见风中颤巍巍的枝条，就想到父亲抖动的手，让我一生都惭愧。

哦，我的泪水总是在这件事上滂沱……

娘的大雪

早晨，拉开窗帘，一个锃明瓦亮的世界出现在眼前。

大雪，故意给我一个惊喜，于昨夜悄无声地来到人间，那时我睡得太沉，竟没有听到它一点脚步声。也难怪，它的脚趾长着洁白的细绒，虚飘而轻盈。

一切都得到了应验！

你不得不相信吸引力法则；相信量子纠缠的理论——想拥有什么就得去想、去盼，不停地念叨，就像我，秋天还没结束，就在躯体里存入了洁白的意念，在词语和梦乡中向大雪挥手，向着邈邈的天空使眼色。

想念着大雪，永远不倦。隐忍的眼泪与大雪兑换。

母亲，你说过，生我的那天大雪纷飞，而多少年后，是另一场大雪把你接去了天堂。

哦，母亲，你会借大雪的力量返回人间吗？！

母亲劳作的幅度像田野一样宽广

夜。鸟入巢，虫操琴，大地安静。

母亲依然屋里屋外地忙着，风一样拂动着生活。

星星熟悉她，月亮熟悉她，萤火虫也熟悉她，并赐予她微小的光亮。

白天，她归于田野和庄稼；晚上，她执掌人间的烟火。当一切都有了交代，她又去了那条小溪浣洗衣裳。

…………

夜深，她脱下疲惫的碎花裙，并缀上一句——"又是带尖儿的一天！"像是叹息，又像是对自己的嘉许。其实，那是对一天的封口，归档入卷。

她用辛劳和无眠补上白日的短。

她的梦是那么窄，两头不见太阳，而她劳动的幅度却像田野一样宽广。

她的手是一把锉子，打磨着坚硬的生活。

大地上的庄稼

每当我有了委屈，她总用手摩挲着我的头，我突然很乖，温驯得像只小狗。

啊，母亲，生活消磨着你，大地消磨着你，你一天天地矮下去，没有了从前的身高。像太阳花，像沉重的谷穗，俯首沧桑的岁月。你的那一双手，钢铁一样揳入了生活。

这些年，每次回家我都要摸摸你的手，我想用它锉锉我的脸，我的心，怕安逸的工作和生活让我渐渐锈蚀和暗淡……

啊，母亲！

春天里的祭奠

追忆是复映的往事，

展开，珍惜的摩挲……

从前的无忧类于蝴蝶的优游，整日出没于南山花树的丛林而忘归。

母亲在黄昏里的招呼是收缩的撒网。一缕温馨的炊烟将野性的我笼络。

鸟鸣于野，蔚蓝的天空摇铃。

风是醒来的童年，追忆漫山花开。

毛骨朵花和连翘是春天最熟练的手艺。

野草芊芊，拨开泛黄的旧年。山谷虚怀，潭水渊博。

澄澈之水抛出寂静的反光。兴奋的枝叶探求回暖的人间。

……母亲常带我到山里放蚕，结茧的秋日又许下蛾子的春天。

缕缕清风带来满天的星如雨。

后来，母亲离开了人间，但她的身影总在我的脑子里出没。

她的呼吸那么微弱，嗫嚅的唇语含混不清。她的眸子留给人间最后一缕温暖的光芒。

娘——就在这山中，终年穿行于风霜雨雪中……

乡愁永是灵魂的朝向

从前的耳福是娘的唤，鸟的鸣，虫儿的吟……万籁有声，风吹花树有哺育的意味。

后来进了城，被车水马龙裹挟。喧嚣的市井，尖叫的机械，傲慢无礼的鸣笛，车轮剐擦大街的声响使我的倾听陷入困境——迷惘的耳根。

那些年，我的命途多舛，穷乡僻壤的身世常遭责难与白眼。有一次回老家，我竟然忍不住当着娘的面流下了泪水，娘怜惜我说："小子，要不还是回乡下吧，我们有房有地，不受那份苦！"唉，娘，有时也说小孩的话——怎么能回得了呢——妻子、女儿、工作都有了根系！

如今，娘早已离开了我们，但我总是和自己嘀咕——回老家吧！

脚步总有落叶归根的渴望，就像味蕾总想着娘做的饭菜，听觉也因故乡的声息而沉迷，情不自禁往那里倾斜。

哦，乡愁永是灵魂的朝向！

母亲不在，世界轻而空

回故乡，头比从前低，走得比从前慢，说话的声音也比从前小，在人面前像有什么短处。其实什么也没有，只是春天的时候母亲突然去世，我像土地上的一撮草被拔出，不再水润支棱。

没有母亲，世界轻而空。飘摇的蒲公英没有凭依。

田边，一个包着头巾的妇女弯着腰正在割豆子，一捆捆，齐整整地放在坝埂上。我走过去问："今年豆子丰收了吧？这是什么品种？"她抬头，用露在外面的两只眼睛说："是铁丰十三号，产量还行。""噢噢……"我像明白似的连连点头。其实，我不懂五谷，只是想听听是不是母亲的声音！

一盏摇曳的烛光

薄暮如一个匠人收拾起细巧的工具。

黑夜从郊外树林的底部漫出，如鼓涌之水深及母亲的疲惫。

母亲荷锄匆匆走在我的前面，她的心中早已升起了一缕炊烟。她分不开身子，既要照顾田里的禾苗，使其喜悦地生长，又要打理我们辘辘的饥肠。那时我还小，帮不上母亲的忙。耕耘、收获都属于母亲的事。白云的悠闲不归她。那时，我对自己的未来含混不清。

鸟，一百次从天空飞过，我只是仰望，从没探问过它的去向。

桃花开了二十年，我只把它叫作春天，却不懂母亲悄悄的眼泪和病痛。通向山外的路对我一直保持着神秘。母亲依旧是一团火，披星戴月，用勤劳和汗水养育我们。

母亲是大地！

如今，那条通向山中的路已是遥远的年代，满坡的野草是我茂密的想念和永远的悲痛，而我的孝敬只是清明里的几锹新土，年关里一盏摇曳的烛光……

月光的银饰是永远的缺憾。

我寻找母亲那春风如酥的手。

你不在，祝福怎么上路

年年在这个日子里怆然——漂泊的灵魂没有凭依。

母亲，哪怕每年你只回人间一次！让我抱抱你，你那比风还轻的身子在风雨里透支太多。

母亲，如果你在，我会藏起我的心忧、委屈和莫名的痛，只报喜，说让你开心的事。可是我看不到你，只能与自己孤独的思念倾诉。

我想给你买榴梿酥、稻香村，还有你喜欢的青丝玫瑰的月饼，而你在那天空的斜坡长眠，我用漫山的花朵也无法将你唤醒！

你走得太早了，想起你我就愣神、发呆……我高高的躯体尽是茂密的惆怅。

你是在大雪飘飞的日子里离开我们的，那时我还是一株摇晃的小草——未知的明天，单薄的命运……

我读书写字，你目光里总有欣慰和期待。

你从山里采回樱桃、酸浆和覆盆子，甜美了我整个童年。那滋味也收藏了我一生。

你大字不识几个，却有乡邻高赞的美德。你曾节省过哺育弟弟的奶水，救济邻家的婴儿。谁家有求，你都出力解困。你一生没有和别人绊过嘴。

你说"大不见，小不见，做人要宽容"；你说"人怕敬，瓷儿怕碰，敬人如敬己"……许多话都刻在我的心上。

你还能背诵许多诗文，星星都喜欢倾听。我说你从哪里学来的，你说都是听来的。那读诗的人后来都忘了，你却记得瓦清。你是不识字的文曲星……

飘动的白发，弯曲的腰身……你蹒跚着向我走来。我唤了一声娘，却不慎把我自己叫出了梦外——

一缕晨光投照，是你依旧的光芒。

一豆灯火退到幽深的遥远……

　　　　　　　　　　　　　　大地上的庄稼

梦中的回眸依然是我的故乡

我的眼里容不得沙子，甚至细微的灰尘，但能容下广袤的大地，噼里啪啦的星汉。

此时，辽河北岸，风将稻浪往我的眼里推送，仿佛滚滚的黄河注入我心中。

这一刻，亲人般的稻子将我紧紧拥抱——

娘亲舅大的故乡；打断骨头还连着筋的故乡，永是我幸福的岸。

我的眼睛发亮——眉睫的蒲叶忽闪；灿烂的菊芋喜感……

故乡，我爱！蔓藤的炊烟回旋、缭绕飘荡，在晨昏里释放生命的暖意。

一个农民兄弟走到我的眼前，握紧我的手，分外亲切。我已是这块土地的一棵"稻子"，彼此熟稔。他告诉我：从前的秋天比现在辽阔、好看。他指着那边的楼房说，土地已被它们吃掉了一大半。那遗憾的神情像是对大地的不义。他还说渤海湾以前有茂密的鱼虾，繁多的海蜇，特产的河刀鱼……

他如数家珍，滔滔不绝！

天色朦胧，我们一起把目光投向西天的半个夕阳。

亦喜亦忧的故乡，今夜依然有我梦的回眸……

乡愁，亦是那块土地的产出

虫鸣沸盈，开了锅一样。

满天繁星是仰望的颗粒归仓。

兄弟，你夜色的短袖不胜薄凉，我情不自禁，为你打了寒噤，你冷吗？！

你摇头，说不。你的勇气不用预演和排练就能精彩地出场，仿佛秋天的苹果，充满膂力，又血气方刚。

从小你就不怕冷，在冬天里，那活泼劲儿像飞舞的雪花。

兄弟，我从镇上进城工作，你后来读了大学，亦在城里扎根。我们先后离开了老家，与庄稼地脱钩，而父母却归给了西山。二十年来没有为他们立碑，只栽下了一片松柏。现在，只差一点点就会发出澎湃的涛声。而山下父母耕种了一生的田野现今已更名改姓，我们不用重操父母的旧业。

兄弟，我们在夜幕下漫步，星空罩顶，我们都沉默。

虽然我们都生疏了农事，而五谷的名字、芳香的气味已成了我们的骨肉，像我们的乳名，跟随终生。

兄弟，我们身居闹市，还是留恋这片土地，那草木和庄稼的气味，干净的空气以及茂盛的寂静，都是我们灵魂的系列。我们浓浓的乡愁属于这块土地的产出。

总是回眸。心在田野和山间飘动……

白毛草喊着月色的好

幽寂的夜。白毛草喊着月色的好！

往事如灯，忽闪着，触在手上的虫声滑爽、柔荑。深深地嗅，幽昧的大地贯彻到周身。

脚步轻缓，一段长长的山路被我认领。
风，扑过来，带着月光的白，如文静又乖巧的女孩。

今夜，我不调嗓子，不放歌，亦不行吟，侧着耳朵只想听花树们说着什么，溪流说着什么，田野上的庄稼说着什么。我想借风的耳朵进入事物，领悟幽隐的世界。

我在小路上走，满脑子都是童年。

我喜欢乘着夜色回家，无拘无束，风一样流动。
这正应了爱默生的话："有神圣的快感，可以把生命像事实一样放在面前，宠辱不惊。"

这个时候……

那一扇轩敞的窗邀我眺望。

天地悠悠，广袤的时空逼近。坦荡的大辽河残阳如血。富有温度的辉煌正可抒怀和遐想……

这个时候，北岸的绿弥漫而低微。树如细草的葳蕤与袅娜。

水鸟洁白地飞。天空的小脚丫踩着夕照，啪啪地响。

这个时候，高脚杯盛着嫣红的西天，轻轻地晃动，鼓舞着品饮。

静谧遮蔽了喧嚣，微笑与迷昧对饮。大河的波浪在指尖上翘起。

夜幕下垂，窗含朦胧，我们沉浸于一条大河的滔滔不绝。

陶醉和痴意暴露无遗。摩挲着窗口上的大河，悠悠的时光，玻璃的质感，微微地凉。

我的身子全是光荣和自豪。故乡的词语，胀痛的花蕾嫣然盛开，幸福感通过舌尖向心头涌去，翻卷着，将我漫长的别离收复。人间的暖意嘹亮……

我分离的身子重又回到这片沃土，
叮当的灯火将我敲入星光满天的夜幕……